어떻게 나이들 것인가

어떻게
나이들 것인가

노년생활백서

미나미 가즈코 지음 ◆ 김욱 옮김

리수

머리말

오십 세를 지날 무렵에는 나이가 든다는 것은 완만한 언덕을 천천히 내려가는 것이라고 막연하게 생각했었다. 하지만 현실은 그렇지 않았고, 변화된 생활 속에서 노화는 갑작스레 나타난 가파른 언덕길을 빠른 걸음으로 내려가는 것임을 알게 되었다. 사건은 돌발적으로, 그리고 간격을 조금도 고려하지 않고 벌어졌다.

오십대 후반에 해외여행을 나갔다가 미끄러져 넘어지면서 어깨뼈가 부러졌다. 천천히 걷다가 슬쩍 미끄러졌고, 중심을 잡으려고 손을 바닥에 댄 것뿐이었는데 부러졌다. 젊었을 때라면 이만한 일로 골절상을 당하지는 않았을 것이다.

남편의 정년이 코앞으로 다가오면서 이런저런 걱정거리가 쌓여갈 무렵, 뜻하지 않게 대상포진이라는 병을 앓았다. 그리고 1년 후 골다공증이 원인인 강렬한 요통에 시달렸다. 2년 후에는 안면의 절반에 마비 증상이 생겼다. 안면마비는 의사 지시로 약간 센 약을 3주일 간 복용하면서 차도가 있었는데, 그 3주 동안 나를 본 사람들에게는 엄청난 충격을 선사한 변화였다.

그때 발병한 요통은 그 후로도 계속되고 있다. 현재도 완치와는 거리가 멀다. 3개월은 누워 지내야 한다는 진단을 받았고, 발병 전과 비교하면 키가 8센티미터나 줄어들었다. 지금도 걸을 때 배를 밖으로 힘을 주어 내밀며 걷는다. 뭔가를 집지 않고 서 있을 수 있는 시간은 고작해야 5분이 전부다. 3년 넘게 자동차만 타면 진동 때문에 뼈가 울려 고통스러웠다. 그래서 두 손으로 시트를 집고 몸을 띄우고 다녔다.

짧은 기간에 이처럼 예상치 못했던 크고작은 병들이 찾아왔다. 이런 일을 겪으면서 정신적으로 낙담하지 않는 적극적인 삶의 태도를 연마해야겠다는 생각이 들었다. 친구들은 나의 형편에 동정 어린 위로를 전해주지만, 내가 나의 변화를 버텨내지 못한다면 그런 친구들과의 모임에 나가지 못하게 되기 때문이다.

식사 준비, 뒤치다꺼리 등 가사를 대신 해주는 남편과 주변 지인들과의 관계에서 밝은 표정으로 대화를 주도하고, 때로는 뭔가를 부탁하거나 고맙다는 마음을 전하지 않는다면 서로 조바심을 느끼게 된다.

발상을 조금 달리한다면 요통 덕분에 예전과는 확연히 다른 고령자로서의 삶이 시작되었다고도 말할 수 있다.

　'무엇무엇을 하고 싶다' 라는 욕구가 솟구칠 때 나의 몸 상태와 주변 사람들에게 어느 정도의 폐를 끼칠 것이냐를 충분히 고민해본 후 어떻게든 실현시키려고 노력한다. 다른 사람과 상의도 하고, 개호용품(介護用品) 전문매장을 방문해 기구 등을 알아보는 것도 하나의 방법임을 배웠다.

　외출이 가능해진 후로는 전문매장을 찾아가 적극적으로 시험해보고, 세밀한 부분까지 기능을 확인하고 모르는 게 있으면 물어도 봤다.

　이렇다 할 장애를 겪지 않고 나이가 들었다면 알게 모르게 체력과 기력이 떨어진 상태에서도 젊은 날의 기분을 주체하지 못하고 함부로 몸을 움직였을 것이다. 또 예전처럼 활동할 수 없음에 조바심을 내며 스케줄 관리에서도 문제를 일으켰을 게 분명하다.

　처음에는 함부로 무리해서 통증이 재발되거나, 체력이 떨어지는 것을 무시했다가 몸져눕기도 하는 등 실패를 거듭했다. 하지만 지금은 내 나름대로 페이스를 지키고 유지하는 법을 터득했다.

　누워 지내야 하는 상태에서 조금씩 회복되고부터는 남편과 친구들의 도움을 받아 기운을 차리게 되었다. 그런 과정 속에서 늙음이 요구하는 '변화된 생활'을 기록했고, 부족하나마 노년 생활에 도움이 될 만한 것들을 한데 모아 책으로 출간하기에 이르렀다.

　문고판으로 재간행하면서 현재도 달라지지 않은 부분은 그대로 살렸다. 상황이 바뀌었거나, 신제품이 출시된 경우에는 가능한 한 내가 직접 현장을 조사하고 최신 정보를 수록하려고 노력했다.

　'늙음'은 뜻하지 않게 찾아온다. 그 갑작스런 만남에 당황하고 있을 때 이 책이 작은 도움이라도 될 수 있기를 기대해본다.

미나미 가즈코

차례

노취를 없애라

'노취'라는 말이 있다. 늙음의 냄새라는 뜻이다. 나도 65세 무렵부터 내 몸에서 나는 냄새에 신경 쓰기 시작했다. 첫 번째 이유는 요통 때문이다. 요통 때문에 운동은커녕 자다가 몸을 뒤척이지도 못했다. 화장실 가는 횟수도 줄었다. 그렇게 2, 3개월을 고생하면서 스스로에 대한 자신감도 떨어지고, 내 몸에 대한 걱정이 늘어났다.

다행히 대소변을 지린 적은 없지만, 건강할 때처럼 몸을 움직이지 못했기에 내가 모르는 노인네 특유의 거북한 냄새가 몸에서 풍기지는 않을까 걱정스러웠다.

'노취'는 단순히 나이 때문에 나는 냄새는 아니다. 감기에 걸렸다든가, 외출할 일이 없어서 목욕 횟수를 줄이고부터 냄새가 날 수도 있다. 속옷 갈아입기가 귀찮아져 며칠씩 그냥 입고 지내는 것도 노취의 대표적인 원인 중 하나다.

한마디로 불결함이 원인인데, 이런 냄새라면 속옷을 매일 갈아입고 세탁하고, 냄새를 방지하는 속옷을 구입하고, 이불보와 베갯잇을 일주일에 한 번씩 갈고, 머리도 자주 감음으로써 사전에 예방이 가능하다.

몸이 불편하거나, 그 외의 사정으로 머리 감기가 어려울 때는 물을 사용하지 않는 드라이샴푸로 모발과 두피의 더러움과 냄새를 제거한다.

아침 식사가 끝나면 깨끗이 양치질을 하고, 점심과 저녁 식사 후에도 양치질을 한다. 특히 저녁 식사 후에는 구강세정제로 입안을 헹군다. 구취뿐 아니라 치아 건강에도 유익한 습관이다.

평소 생활이 청결한데도 몸속에서 악취가 풍기는 고령자가 있다. 내장기능과 신진대사가 쇠약해졌기 때문이다.

위장이 약해지면 체내의 나쁜 균이 늘어난다. 반대로 소화와 대사를 돕는 비피더스균과 같은 좋은 균은 줄어든다. 입냄새와 위에서 올라오는 냄새도 젊은 시절보다 구린내가 심하다.

녹차의 효능

녹차에 소취(消臭) 작용이 있다고 한다. 예부터 노인은 차를 자주 마셔야 한다는 말이 있는데, 그 이면에는 이런 비밀이 숨어 있었던 것이다.

『냄새의 비밀』이라는 책에는 하마마쓰기독병원의 진료소장인 고도 코이치 선생의 임상실험 결과가 자세히 실려 있는데, 누구나 쉽게 이해할 수 있는 녹차의 효능에 관해서다.

고령환자에게 녹차에 함유된 카테킨(폴리페놀의 일종으로 녹차에서 떫은맛을 내는 성분. 역자주)을 투여하자 장내에 좋은 균인 비피더스균은 늘어나고 대장균 증식은 억제되었다고 한다.

이 책에서 저자는 "정제 형태의 카테킨을 복용하지 않더라도 하루에 녹차 세 잔만 마시면 동일한 효과를 볼 수 있으며, 대변 냄새도 줄어든다."고 주장했다.

굳이 비싼 녹차를 마실 필요는 없다. 가격이 싼 제품도 효과는 동일하다고 한다. 대신 녹차를 끓이고 20분 넘게 놔둬서는 안 된다. 효과가 낮아지기 때문이다. 아침에 끓인 찻잎이나 티백을 낮에 또 마시는 건 상관없지만 효과는 그만큼 떨어진다고 한다.

체취가 신경 쓰인다면 자루에 담긴 찻잎을 욕조에 담그는 것도 효과가 있다. 베보자기 같은 데에 찻잎을 10그램 정도 넣어 사용하면 간단하다. 녹차 외에 당근 이파리도 소취 효과가 뛰어나다고 한다.

이웃이 밭에 당근을 키운다는 말을 듣고 이파리를 구해 줄기는 벗기고 부드러운 잎 부위만 볕에 말려보았다. 맑은 날씨라면 하루 반나절만 말려도 바삭하게 된다. 나는 직접 만들었지만 건강식품 매장에서 판다는 말도 들었다.

국립삿포로병원의 홋카이도암센터에 근무하는 사사키 미치오 씨에 따르면 당근 이파리는 구취에도 효과가 뛰어나다고 한다. 그밖에도 대변 냄새가 상당히 약해졌다는 보고도 있다.

건강식품 매장에서 구입한다면 하루 적당량에 맞게 따로 포장되어 있겠지만 손수 만들 경우에는 잘 말린 이파리 10그램이 기준이다. 나는 완전 건조된 이파리를 믹서기에 갈아 마신다. 단맛은 없지만 용변에도 좋아서 여행 준비물로, 또는 감기에 걸려 누워 있는 시간이 길어졌을 때 마시고 있다.

피톤치드의 구취 · 소취 효과

구취가 신경 쓰이는 사람은 성분 표시에 '녹차 플라보노이드'라는 성분이 적혀 있는 껌과 사탕을 이용한다. 이런 제품에서도 소취 효과를 기대할 수 있다.

얼마 전부터 시중에 용해성 필름 형태의 구취 제거 껌이 판매되고 있다. 크기가 작고 얇아서 입에 넣기 편하다.

내가 구입한 제품은 2센티미터에 1.5센티미터 크기였다. 플라스틱 케이스에 열 개 들어 있었다. 그 중 한 개를 혀 위에 올려놓자 금세 녹는다. 1분 만에 입안 전체가 산뜻해졌다. 포장지에는 구취의 원인균을 죽임으로써 구취 예방에 효과가 있다고 나와 있다.

1999년 시세이도연구소는 다카사향료공업과의 공동 연구로 고령 체취의 원인인 '노네날'이라는 물질을 발견했다. 풋내와 기름내를 합친 것과 비슷한 냄새로 젊은이에겐 없고, 남녀 모두 40세 이후 체취에 포함되어 있다고 한다. 즉 노네날이라는 물질 때문에 중년 이후 노취가 발생하는 것이다.

노네날의 원인 물질과 발생 메커니즘도 모두 밝혀져 이를 활용한 상품들이 개발되었다. 현재 시중에는 노네날을 잡아주는 뿌리는 소취제와 비누가 판매되고 있다. 향료가 포함된 소취제를 몸에 직접 분사하고 수건으로 닦아내면 땀 냄새가 중화된다.

요즘에 판매되는 소취제는 예전처럼 향료로 땀내를 지우는 방식이 아니다. 악취 성분을 중화·분해하는 원료로 만들고 있다. 그런 원료 중 하나가 수목에서 발산되는 피톤치드(phytoncide)다. 피톤=식물, 치드=죽인다는 뜻으로 수목이 내뿜는 향취에는 세균 같은 미생물을 죽이는 작용이 있다고 한다. 이 피톤치드 때문에 산림의 대기가 맑아지고, 삼림욕이 사람 몸에 좋다는 것이다. 식물이 외부로부터 자기 몸을 보호하기 위해 내뿜는 것이므로 강력한 소취 효과와 더불어 항균 효과까지 기대할 수 있다.

흔히들 노인네 방에서는 독특한 냄새가 난다고 말하는데, 최신 소취제를 구입해 사용해본다면 기분도 산뜻해지고, 화장실 냄새(고령자 중에는 침실 내부에 화장실을 따로 만들거나 휴대용 변기를 들여놓는 경우가 있다.)도 차단할 수 있다. 매장에 나가보면 다양한 종류의 소취제가 판매되고 있다.

소취제의 원리는 휘발성 악취 물질과 화학 반응을 일으켜 냄새를 없애는 것과 악취 물질에 흡착해서 원초적으로 제거하는 것 등이다. 시판되는 소취제의 종류는 지속성이 강한 젤 타입과 넓은 범위에서 빠르게 작용하는 분사 타입, 방의 구석이나 침대 밑에 장시간 보관하는 고형 타입 등 여러 가지 종류가 있다. 방안에 휴대용 변기가 있는 집이라면 효과가 강력한 소취제를 사용한다.

소취제뿐 아니라 공기청정기도 냄새 제거에 효과가 있다.

세제 중에도 특별히 소취 효과를 내세운 제품들이 판매되고 있다. 속옷, 잠옷, 린넨, 커튼도 악취 방지제가 가공된 제품이 있다.

이밖에도 향수, 일시적으로 냄새를 없애는 방향제, 향료와 악취를 융합시켜 불쾌감이 적은 다른 냄새로 바꾸는 등의 제품들이 다양하게 판매되고 있다. 제품 설명서의 성분 표시를 충분히 읽어보고 자신에게 맞는 제품을 고른다. 그리고 반드시 취급 지시를 따른다.

최근에는 기저귀나 요실금 팬츠에도 탈취 효과가 있다. 괜한 냄새 걱정에 집에만 있지 말고 소취제를 적절히 활용해 적극적으로 외출해 보자. 조금만 생각을 바꿔보고 지혜를 구하면 사람과의 만남이 더는 두렵지 않게 된다.

나이 들수록 화장은 필수

　얼마 전 신문에서 '할머니의 기저귀를 벗긴 화장의 힘'이라는 기사를 읽었다. 화장품 메이커인 시세이도가 도쿠시마 현의 나루도산보쿠 병원에서 고령자를 대상으로 화장 요법을 실시했다. 화장 요법을 실시하고 얼마 안 되어 기저귀를 착용하던 할머니가 정상적인 생활로 돌아왔다는 것이다.

　나도 시세이도에 근무하는 친구에게 부탁해 요양보호사가 상주하는 노인홈에서 화장 요법에 관한 조언을 들은 적이 있다.

　그날 60세에서 80세를 넘긴 다양한 연령층의 여성들이 20명 가량 모였다. 자원봉사에 참가한 화장품 회사의 여직원 세 분은 사은품으로 할머니들의 피부를 정성껏 손질해주고, 마사지하는 법도 가르쳐주었다. 나도 어디서 피부 손질법을 배운 적이 없어서 의자를 앞으로 당기고 가르쳐주는 대로 거울 속 얼굴을 바라보며 이것저것 해보았다.

우선은 클렌징 크림을 이용한 마사지였다. 이렇게만 해도 피부에 활기가 돌아오는 것이 느껴졌다. 나보다 나이가 많은 분들도 피부가 불그스름하게 밝아졌다.

클렌징 크림을 제대로 닦아내는 방법을 배운 후 메이크업 강습이 시작되었다. 메이크업 강습이 시작되자 조금은 수동적이었던 참가자들이 적극적으로 변하기 시작했다. 갈색 계통의 최신 유행하는 컬러의 립스틱을 고르며 자신에게 어떤 색상이 더 어울리느냐고 묻거나, 립스틱 바르는 방법을 가르쳐달라고 부탁했다.

참가자들이 하나둘씩 아름답게 변신하자 뒤에서 구경만 하던 사람들도 직원들에게 질문 공세를 펴고, 이것저것 부탁하기 시작했다. 그리고 메이크업 화장품을 얼굴에 바를 때마다 거울을 들여다보며 성과를 확인했다. 그녀들의 시선은 80세 전후의 할머니가 아니었다. 말 그대로 '여자' 였다.

두 시간에 걸친 강습이 끝날 무렵에는 참가자 전원이 다른 사람으로 착각될 만큼 젊어지고 화사해졌다.

그때 문득 생각난 사건이 있었다. 한동네에 사는 친구 A씨를 오랜만에 집 앞에서 만났다. 그녀의 얼굴은 무척 피곤하고 슬퍼 보였다. 사정을 묻자 딸이 그간 병원에 입원했었다는 것이다. 나는 힘내라는 말 대신 해외에서 사온 립스틱을 선물했다.

얼마 후 다시 만난 그녀의 이야기에 따르면 병원 침대에 몸져 누워 있던 딸은 엄마가 가져온 립스틱을 보자마자 손거울을 꺼내 입술에 발라보았다고 한다. 그리고 엄마에게 립스틱 색깔이 자신에게 어울리느냐고 묻고 또 물었다고 한다. 나중에는 뺨에 붉은 기까지 돌았다고 한다. 며칠 후 딸이 퇴원했다는 소식과 함께 감사의 인사를 전하는 전화가 걸려왔다. 고령자의 예는 아니지만 여성의 삶에서 화장품이 발휘하는 불가사의한 힘에 새삼 놀랐다.

백화점의 화장품 코너나 유명 브랜드의 대리점에 가보면 기초 화장품 사용법(아침, 저녁의 피부 손질)과 메이크업 방법을 상세히 가르쳐준다. 그 자리에서 화장품을 강매하지도 않는다.

매장별로 대응이 다를 수도 있으므로 오늘은 상담만 하고 다음에 예약할 수 있겠느냐고 먼저 물어보는 것이 좋다. 집에 있는 화장품을 가져가서 이것과 같은 종류로 내 피부에 더 맞는 제품을 물어보거나 오늘 구입 가능한 액수를 사전에 미리 말해뒀을 때 직원의 태도와 대응을 살펴본다. 직원의 반응이 마음에 들지 않는다면 다른 매장을 찾는다.

이번에 자원봉사에 나선 직원들은 사은품만 가져왔다. 정상 판매 중인 제품은 가져오지 않았다. 구매를 원하면 품명과 제품 번호, 가까운 매장을 알려줬다.

나도 그렇지만 예전부터 사모은 화장품이 서랍 한 가득씩일 것이다. 지금 쓸 수 있는 것만 남기고 사용 기간 등을 고려해서 과감히 정리해보기를 권한다. 주변의 전문가를 찾아가 상담하고 현재 나이에서 가능한 최대의 변신에 나서보는 건 어떨까.

젊은이들 사이에서는 메이크업하지 않은 것 같은 자연스러운 화장이 대세다. 짙게 분칠하기보다는 기미가 보이지 않을 만큼만 파운데이션을 바르고, 눈이나, 입술, 볼에 포인트를 주는 편이 세련되고 나이보다 젊게 꾸미는 비법이 아닐까 싶다.

염분은 이렇게 줄인다

20년 전에 있었던 일이다. 퇴근하고 돌아오던 남편이 급행 전철에서 일반 전철로 갈아타기 위해 플랫폼에 내렸다가 의식 불명으로 쓰러져 병원에 실려간 적이 있다.

여러 가지로 검사한 결과 고혈압이 원인으로 꼽혔는데, 그 뒤로는 매월 1회 주치의에게서 혈압을 측정하고 있다. 현재도 미량이지만 강압제를 복용 중이다.

남편은 표준 체중이다. 그때까지는 저혈압에 가까웠다. 이렇다 할 지병도 없었다. 그런 사람이 왜 이렇게 된 것일까.

가만히 생각해보니 그 무렵 남편은 도쿄 본사에서 아키타의 공장에 단신 부임했었다. 아키타는 백미가 유명하다. 또 그곳에서 고용한 가정부는 짭짤한 야채조림이 특기였다. 남편은 세끼를 흰 쌀밥에 좋아하는 짜디짠 야채조림을 실컷 먹었던 것이다.

남편은 "음식이 입맛에 맞아서 다행이야."라면서 좋아했지만 결과적으로는 염분과 칼로리가 지나치게 높았다. 이것이 뜻하지 않은 질병의 방아쇠가 되었다.

남편은 담배도 피우지 않고 술도 캔맥주 한 개를 다 못 마시는 사람이다. 나는 담백한 맛을 좋아해서 한두 가지 예외는 있더라도 여간해서는 간장을 많이 쓰지 않는 편이다. 식탁에 간장을 내놓지 않을 때도 많았다. 이렇듯 평소에 염분 섭취가 적었던 남편이 갑작스레 염분 섭취가 늘어나면서 몸에 이상이 왔던 것은 아닌가 하는 생각이 든다.

그 후 남편은 매월 병원에 다녀오면 이번에는 혈압이 약간 높았어, 이달은 보통이었어, 하고 보고해주는 것이어서 우리집 식탁은 전보다도 훨씬 더 염분이 줄어들게 되었다. 아마도 평범한 가정집이라면 염분 섭취가 그리 낮다고는 말하기 힘들 것이다.

채소절임, 말린생선, 마른멸치, 생선조림은 염분이 많다. 나이가 들면 고기를 좋아했던 사람도 식단을 채소 중심, 생선 중심으로 바꾸고 싶어하고, 부식도 노인용 건강식을 찾아보지만 역시나 염분은 과다 섭취다.

염분이 무섭기는 해도 고령자에게 매일의 식사는 생활에서 빼놓을 수 없는 크나큰 즐거움이다. 무턱대고 소금을 줄여버린다면 건강을 떠나서 삶의 즐거움 하나가 훼손된다.

이 문제로 영양사 자격증을 지닌 친구 C씨와 상의했다. 좋아하는 음식을 맛있게 먹으면서도 염분을 줄일 수 있는 방법이 없는지 조언을 구했다. 그 후 내가 실천하게 된 세 가지 방법이 있다.

염분을 줄이는 방법

❶ 하루 적정 염분 섭취량은 정상 혈압인 사람이 10그램 이내다. 아래 박스를 보고 소금 1그램이 어느 정도 양인지를 먼저 알아보기 바란다.

소금 1그램은 세 손가락으로 쥐었을 때 두 움큼이다. 전자저울에 손가락으로 열 번, 혹은 스무 번 소금을 집어 얇은 종이에 싸고 무게를 잰다. 그것으로 1회 분량의 소금량이 대충 계산된다. 이렇게 몇 번이고 하다보면 감각이 익혀져 계량하지 않고도 분량을 맞출 수 있다.

소금뿐 아니라 양조간장, 된장, 인스턴트 식품의 염분량이 어느 정도인지 실감할 수 있게 된다. 다른 반찬에 첨가하는 소금량을 조절하는 데 편리하다. 저염분 식사에 길들여지면 채소 같은 음식재료 고유의 맛이 더욱 도드라져 맛의 진미를 깨닫게 된다. 그리고 섭취하는 염분은 더욱 줄어든다.

염분 1그램이란?
식염 : 세 손가락으로 두 움큼 = 미니스푼(1cc) 한 개
간장 : 작은숟가락 1개 = 5cc
된장 : 큰숟가락 1/2개 = 약 8그램

그밖에 조미료에 들어 있는 염분량
국물 내기용 조미료
　　작은 알맹이 모양 : 작은 숟가락 1개(5cc) = 염분 1.5~1.8그램
　　주사위 모양 : 1개 = 염분 2.3~2.7그램
　　농축액체 : 작은숟가락 1.5개(7.5cc) = 염분 1그램
일식소스 : 큰숟가락 1개 = 염분 1그램
돈가스소스 : 큰 숟가락 1개 = 염분 1그램

❷ 가정식의 기본은 다시마, 가다랑어포, 멸치 등을 끓여서 우려낸 국물이다. 되도록 인스턴트 재료는 쓰지 않는다. 다시마물로 된장을 끓이고, 다른 요리에 육수로 사용하면 염분량이 줄어도 맛은 더욱 깔끔하다. 양념에 당분은 적게 쓰는 편이 좋다. 단맛 때문에 짠맛이 중화되어 자꾸 소금을 더 넣게 되기 때문이다.

❸ 외식은 염분 섭취 과다로 이끄는 지름길이다.

시내에서 사먹는 라면, 우동, 메밀국수처럼 국물이 있는 면류에는 상당량의 염분이 포함되어 있다. 국물까지 모두 마신다고 가정했을 때 염분은 1인분에 5~6그램이다. 한끼 식사로 하루 섭취량의 절반 이상을 먹게 되는 셈이다. 밖에서 면류를 먹을 때는 국물을 남기는 게 건강에 좋다.

파스타 종류는 라면이나 우동, 메밀국수(모두 국물 포함)에 비교하면 염분이 적은 편이다. 식당마다 다르겠지만 스파게티 1인분의 미트소스 염분량은 2.5 내지는 3그램이다. 나는 외식 메뉴로 파스타를 골랐을 때 염분과 칼로리를 계산해서 소스를 조금 덜 뿌리거나, 야채샐러드와 같이 먹는다. 햄이나 소시지, 피클을 주문해서 먹는 사람이 많은데, 이럴 경우 염분 섭취가 더욱 늘어나므로 조심한다.

밑반찬도 절임류는 염분이 많이 들어 있는 식품이다. 그렇다고 일체 안 먹을 수는 없고 소량만 먹도록 주의하고 있다.

반찬에 간장과 소금을 한 번 더 치는 한이 있더라도 처음 식탁에 내놓을 때는 최대한 싱겁게 준비하는 것도 염분을 줄이는 지혜라고 생각한다.

사람은 누구나 나이가 들수록 혈압이 상승한다. 이 점을 꼭 기억해서 건강을 생각하는 식단 만들기에 동참하기 바란다. 간이 싱거워도 맛있게 먹을 수 있는 방법이 없는지 고민해보기 바란다.

저울을 가까이 두고
건강 다이어트

아침에 NHK 프로그램을 보다가 겪은 일이다.

언젠가 한 번 본 듯한 얼굴인데 예전과는 느낌이 다른 것 같았다. 내 기억력도 이제 수명이 다한 걸까, 하고 고개를 갸우뚱거리며 프로그램에 출연한 60세 가량의 남자 얼굴을 유심히 관찰했다. 프로그램에 출연한 그 남자는 의사였다. 예방의학과 관련된 정보를 알려주고 있었다.

저 사람을 어디서 봤더라, 하고 기억을 더듬으며 식탁을 정리하면서도 귀로는 연방 그가 하는 말을 듣고 있었다. 의사의 이름도, 그가 구체적으로 어떤 질병에 대한 예방 정보를 설명해주는지도 중간부터 보기 시작해서 확실치 않았지만, 고령자를 대상으로 하는 프로그램인 것은 틀림없었다. 고령자가 걸리기 쉬운 질병을 예방하기 위해서는 체지방을 줄이고 열심히 운동하는 것이 가장 좋다는 설명이었다.

"나도 체중을 10킬로그램이나 줄였습니다. 그런데 나쁜 체지방을 건강하게 줄이기 위해서는 단순히 굶기만 해서는 안 돼요. 오늘 아침 식사로 나는 우엉, 당근, 두부, 파를 넣고 끓인 된장과 삶은 톳, 밥, 이렇게 15종류 이상의 음식물을 먹었답니다. 그런 한편으로 열심히 걸으면서 체지방을 줄였습니다."라고 의사는 20분 가까이 자신의 이야기를 들려주었다.

그제야 문득 생각나는 게 있었다. 1, 2년 전쯤에 텔레비전에서 봤던 의사였다. 그때 본 기억이 남아 있었는데 얼굴 형태가 많이 변했다. 그동안 체지방을 측정하면서 건강하게 살을 뺀 결과였다.

젊은 여성이 외형적인 아름다움을 추구하며 살을 빼는 것과 달리, 중년 이후의 다이어트는 영양과 몸의 균형을 중시해야 한다. 몸에 좋은 음식을 맛있게 먹으면서 조금씩 살을 빼는 게 포인트라고 할 수 있다.

걷기 운동

걷기 운동도 무조건 빨리 걷는다고 좋은 게 아니다. 몸에 무리가 가지 않는 속도로 양손을 번갈아 흔들면서 성큼성큼 걷는 것이 좋다고 한다.

걷기 운동을 시작하고 20분쯤 지나야만 몸에 축적된 포도당이 전부 소진된다. 여기서부터는 체지방이 연소된다. 운동 횟수는 일주일에 3, 4회가 적당하다. 시간은 1시간 이상이다. 이렇게 하면 건강하게 서서히 살이 빠진다.

며칠 사이에 저울 바늘이 눈에 띌 만큼 움직이는 급격한 다이어트

로는 근육이 약해진다. 한번 약해진 근육을 회복시키려면 상당한 운동
이 필요하고, 그것도 장시간 동안 격렬하게 운동해야 한다. 그 때문에
균형 잡힌 식사, 특히 아침 식사와 점심 식사가 중요하다는 것이 그 의
사가 말한 요점이었다.

먹는 것

그 후로 체중 증가에서 비롯되는 성인병에 대해서도 다양하게 설명
해줬지만 여기서는 식사 메뉴만 따져보기로 한다.

조금 창피한 이야기인데, 나는 먹는 것을 매우 좋아한다. 젊었을 때
엔 과격한 다이어트도 여러 번 시도했다. 그로 인해 60대 중반에 격렬
한 요통이 발발한 건 아닌지 이제야 반성하고 있다.

나이 들수록 먹는 양이 늘지 않아도 살이 찐다. 당연히 허리 부담도
증가한다. 좀 더 이른 나이에 식사와 운동을 생각했다면 요통은 일어나
지 않았을 수도 있다.

요통 때문에 누워 지내는 동안 식사 준비는 남편이 도맡았다. 남편
이 주는 밥을 먹으면서 움직이지도 않았는데 살이 찌기는커녕 오히려
체중이 감소되는 것 같았다.

이유는 남편의 식단 때문이었다. 남편은 나를 위해 뼈에 좋은 재료
들로 건강 식단을 꾸렸다. 기름도 최대한 배제했다. 남편이 준비한 음
식들의 조리법을 살펴보면 채소는 삶거나 데쳤고, 생선은 말린 것을 주
로 사용했다. 또 청국장과 기름기가 적은 생선을 굽지 않고 조렸으며,

된장국에도 미역을 더했다. 간식도 당분이 들어간 것은 거의 먹지 않았다. 덕분에 양껏 먹고 누워 지내면서도 오히려 체중은 줄어들었다.

하지만 허리가 조금씩 회복되어 부엌에 내려가 직접 식사 준비를 하게 되면서 1년 사이에 5킬로그램이 늘었다. 반찬에 상당히 조심했음에도 이 모양이었다.

운동에 관해서는 전철을 타고 외출하는 날은 별도로 치고 하루에 두 번씩 밖에서 걸었다. 하루에 5,000보에서 7,000보 사이다. 일주일에 한 차례 온수풀도 다녀왔다. 그럼에도 살이 쪘기에 식생활을 다시금 확인해봐야겠다는 생각이 들었다.

그래서 영양사 친구를 찾아갔다. 그녀는 식생활 개선보다 중요한 것이 있다고 말했다. 시중에 유행하는 극단적인 개선법과 이론뿐인 학설을 피하는 것이다. 아무리 몸에 좋다고 한들 내 몸에 맞지 않고 오히려 무리가 온다면 지속될 수 없다. 이 점을 꼭 명심하라고 당부했다. 그녀는, "밥은 맛있게 먹었을 때 몸에 좋은 영양소로 바뀌는 거예요."라고 말했다.

칼로리도 염분처럼 처음 다이어트를 시작할 때 저울로 재보는 게 중요하다. 과일을 예로 든다면 어떤 종류는 당분이 상당히 높다. 즉 칼로리가 높은 식품이다.

사과 반쪽의 무게를 재보았다. 약간 큰 것이었는데 약 200그램이다. 우리집에서는 식후 디저트로 사과 1개를 남편과 반씩 나눠먹었다. 그런데 『식품 80kcal 미니 가이드』라는 책을 보니 사과 반쪽의 칼로리가 딸기 22개에 해당된다고 한다.

남편과의 오랜 식습관으로 식후에 과일을 먹지 않으면 어쩐지 기분이 찜찜하다. 다행히 지금은 철이 아니더라도 1년 내내 딸기를 먹을 수 있다. 사과 반쪽 대신 딸기 2, 3개라면 부족한 듯싶어도 디저트로 손색이 없다. 확실히 사과 반쪽은 꽤 많은 양이었던 것 같다. 그래서 아침식사 후에는 감귤도 평소 먹던 양의 4분의 1로 줄였고, 점심 식사 후 디저트로 사과 4분의 1쪽, 저녁 식사 후에는 딸기 3, 4개로 과일 섭취를 줄였다.

영양사 친구의 조언 중에 새롭게 알게 된 사실이 있다. 계란을 하루 1개씩 먹는 게 좋다는 것이었다. 그 말을 듣고 남편이 좋아하는 오믈렛을 자주 만들게 되었다.

고령자에겐 식물성 단백질만으로는 부족하다. 몸을 생각해서 어패류, 닭가슴살로 단백질을 보충하라는 충고가 많은데, "일주일에 한 번은 돼지나 소 등심을 먹는 게 좋아요."라고 친구는 말했다.

그날 이후 육류를 좋아하는 남편을 위해 소고기와 돼지고기도 주기적으로 식탁에 올리고 있다.

샐러드를 만들 때 맛을 위해 마요네즈를 많이 뿌리곤 했는데 친구가 쓴 칼로리 책을 읽고 기름 덩어리임을 알게 되었다. 어쩔 수 없이 뿌리기는 하지만 양을 많이 줄였고 레몬즙도 함께 뿌리고 있다.

칼로리가 조금 높긴 한데, 유제품과 채소의 결합은 비타민 흡수를 좋게 만들어준다고 한다. 소량이라면 버터도 몸에 꼭 필요하다고 한다. 그래서 흰살생선으로 뫼니에르(생선에 밀가루를 입혀 버터로 구운 서양요리, 역자 주)를 만들 때 가스불을 끄고 버터를 조금 넣어 부드러운 맛을 더하고 있다.

친구가 쓴 칼로리 책을 읽으면서 지금까지 별생각 없이 먹었던 음식들의 칼로리가 의외로 높다는 사실에 놀랐다. 그렇기는 하지만 먹고 싶은 욕망을 억누르기보다는 소량씩 다양한 종류를 먹는 것이 건강에 더 유용하리라 생각한다.

몸소 음식의 무게를 재보고, 칼로리까지 계산해본다면 얼마나 줄여야 하는지 구체적인 양을 파악하게 되고, 실천에 옮기기도 수월하다.

조금 과식했다 싶을 때는 운동량을 그만큼 늘리면 된다.

저녁 식사 후 입이 궁금할 때 밖에 나가 별을 보거나 술렁거리는 나뭇가지를 느끼며 한참을 걷다보면 기분이 상쾌해지고 식욕도 사라진다고 말하는 친구가 있다. 결국 그녀는 1년 동안 몸무게를 10킬로그램이나 줄였다. 이 책을 읽는 독자 여러분도 즐겁게 먹으면서 자신에게 맞는 균형 잡힌 다이어트 방법을 발견하고 실천해보기를 권한다.

눈, 귀, 치아,
손톱, 손발의 보호

감각기관인 눈과 귀가 젊은 시절부터 상태가 나빠져 고생했다는 사람이 많은데, 사람마다 각기 취약한 부위가 있게 마련인 것 같다. 그래서 아무 데도 불편한 곳이 없는 건강한 사람을 부러워하기 일쑤인데, 누구나 나이가 들면 몸의 한 구석이 나빠지게 마련이다.

눈에 대하여

나는 젊었을 때 시력이 좋은 편이었다. 안경은 거의 쓰지 않았다. 그런데 마흔 살부터 노안이 시작되었다. 요즘은 난시도 있어 안경을 쓰지 않으면 어지간한 큰 글씨가 아니고서야 읽지 못한다. 5년 전에 녹내장 초기 증세가 있다는 진단을 받고 예방 차원에서 양쪽 눈 모두 레이저 시술을 받았다. 그 뒤로는 별탈이 없다.

내가 쓰는 안경은 노안과 난시 전용의 다초점 안경이다. 마흔 살 이후부터 안경을 써왔기 때문인지 아직도 안경은 익숙하지가 않다.

안경에 대해 몇 가지 언급하자면,

❶ 안경을 보관하는 장소에 각별히 주의해야 한다.

침대맡에 어머니가 물려주신 안경받침대가 있다. 외출 시에는 꼭 안경집을 들고 나간다. 안경을 벗어놓을 때도 함부로 아무 데나 두지 않고 항상 정해진 장소에 둔다. 원칙적으로는 취침 전까지 벗지 않는다.

❷ 아침마다 안경을 닦는다.

렌즈에 땀이나 이물질이 묻은 상태에서 사람들을 만나지 않도록 조심한다.

❸ 1년에 한 번은 안과에서 안압을 측정한다.

평소에 쓰는 안경 외에도 외출용으로 명암 크기의 확대경을 소지한다. 작은 글씨를 읽는 데 불편함이 없기 위해서다. 확대경은 플라스틱 재질로 10그램 남짓이므로 핸드백 등에 미리 챙겨둔다.

나는 사용하고 있지 않지만 자수와 바느질용 돋보기, 또는 눈높이에 확대경을 부착시킨 바느질 책상도 있다. 바느질을 자주 하는 분들이라면 눈의 피로를 더는 데 도움이 될 것이다.

귀에 대하여

다행히 아직까지는 난청이 없다. 그래도 이비인후과 전문의를 찾아가 진찰을 받아봐야 할 듯싶다.

친구 몇 명에게 물어보니 보청기도 상당히 발전한 것 같다. 나이가 들어서인지 예전보다는 청력이 조금 약해진 것 같기도 하다. 전직 기술자였던 어떤 남성분에게서 보청기를 사용하게 된 경위를 들은 적이 있다. 처음엔 주머니에 소형 마이크를 넣고 다녀야 하는 이어폰형 보청기를 사용했다고 한다. 사용하는 사람마다 소리의 주파수 감도가 제각각이어서 조정하는 데 많은 시간이 걸렸다고 한다. 이 문제로 서비스센터에 대여섯 번이나 찾아갔고, 그제야 귀에 익숙해졌다는 것이다. 겉모양을 위해 마이크가 포함된 이어폰형 보청기를 귀 뒤쪽에 부착시키는 제품도 있지만 그의 의견으로는 마이크가 어느 정도 커야지만 소리가 잘 들린다고 한다.

보청기를 사용 중인 다른 분의 이야기를 들어보니 겉으로 보청기가 보이지 않는 제품은 주머니에 마이크 본체를 넣고 다니는 제품과 비교해서 두 배나 비싸다고 한다. 잘 들리지도 않는데 알아들은 것처럼 시늉하면 자기도 답답하고, 가족과 친구들에게도 오해를 살 위험이 크다. 문제는 이 나이에 귀찮게 이어폰 같은 것을 귀에 꽂고 다녀야겠느냐는 고령자가 많다는 것이다.

그런 분들을 위해 외출용으로는 쓸 수 없는 기구가 판매되고 있다. 집안에서 가족과 이야기할 때를 대비한 제품인데, 코끼리 코처럼 생긴 플라스틱관의 한쪽 구멍을 청력이 약한 귀에 걸친다. 상대방에 반대편에 대고 말한다. 목소리가 사방으로 새나가지 않아 잘 들린다고 한다. 얼핏 보면 장난감처럼 생각될지도 모른다. 하지만 이런 도구를 사용함으로써 청력에 장애가 있는 사람들이 타인과 보다 정확하게 대화할 수 있게 된다. 상대방도 하고 싶은 말을 정리해서 또박또박 말하게 된다.

집에 어린 손자가 있다면 노인의 처지를 이해하는 교육 효과와 더불어 놀이로서의 역할까지 기대할 수 있다.

치아에 대하여

치아 문제만큼 저마다 상황이 제각각인 경우도 드물 것이다. 80세 동갑임에도 한 사람은 틀니를 사용하고, 또 한 사람은 20개 이상의 치아를 사용하는 등 차이가 크다.

치아에 별다른 문제가 없더라도 나이가 들면 구취 등을 대비하여 양치질에 각별히 유념해야 한다. 자신과 주위 사람들의 쾌적한 생활을 위해서는 치아 보호가 매우 중요하다.

다행히 내 이빨엔 특별한 문제가 없다. 치간칫솔과 치실로 아침 저녁 관리했더니 확실히 상태가 좋아졌다. 치간칫솔은 외출할 때도 화장 주머니에 챙겨 넣는다. 밖에서 음식을 먹고 끼었을 때 화장실에서 사용한다.

틀니는 써본 적이 없어 잘 모르겠는데, 예의상 다른 사람 앞에 놓아두거나, 남들 보는 데서 씻는 행동은 삼가야 된다고 본다. 환자는 예외다. 휴대용 케이스나, 밤에 잘 때 세정 효과가 있는 틀니 용기를 준비해 타인(배우자이더라도)이 볼 수 없게끔 주의하는 것이 좋겠다.

가장 좋은 방법은 젊었을 때부터 1년에 두 번 정기적으로 치석 제거에 나서는 것이다.

손톱과 손발의 보호

외출을 대비해 손발톱에 매니큐어를 칠하고, 손등 발등에 크림을 바르는 습관은 부지런하다는 반증이다. 다만 매니큐어와 아세톤이 손발톱에 그리 좋을 것 같지는 않다. 그보다는 손톱 줄을 이용해 적당한 길이를 유지하는 편이 좋다고 본다. 여기에 아침 저녁으로 크림을 바른다면 금상첨화일 것이다.

60대 중반 무렵 요통으로 몸져 눕게 되었을 때 재활운동 겸 아침에 일어나서 손발에 열심히 로션을 바르곤 했다. 팔꿈치와 무릎, 발가락 사이사이까지 꼼꼼하게 발랐다. 손이 닿지 않는 곳은 솔을 이용했다. 그 때문인지 손발은 나름대로 고운 편이라고 자부한다.

수십 년 간 나를 위해 애써준 수족과 손발톱이다. 감사하는 마음으로 정성껏 손질해주자.

굽어진 등을 똑바로 펴려면

젊었을 적엔 증조모님을 비롯한 나이든 분들이 왜 저렇게 등을 구부리고 팔자걸음으로 뒤뚱거리며 걷는지 이해가 안 되었다. 그 모습이 내 눈에는 정말 이상하게 보였다. 그런데 내 나이가 일흔을 넘기고 보니 일부러 그랬던 것이 아님을 알게 되었다.

정확히 64세에 골다공증으로 허리를 다쳤다. 그때는 누워서도 등을 둥그렇게 말고 있어야 했다. 3개월 가까이 누워 지내다가 다시 일어서게 되었을 때 가장 먼저 앞에서 말한 기억들이 떠올랐다.

집 앞을 열 걸음 내지는 스무 걸음 정도 걸어서 한 블록을 무사히 돌았을 때 다시금 걸을 수 있는 몸이 되었음에 무척이나 기뻤다. 그날 이후 조금씩 거리를 늘렸다. 15분쯤 천천히 걸을 수 있게 되었을 때 근처 역까지 가보았다. 역으로 가는 길에 거리의 상점들 유리창에 비친 내 모습은 나조차 깜짝 놀랄 만큼 등이 굽고 배가 불룩하게 나와 있었다.

요통을 앓기 전만 해도 비교적 큰 키였다. 그런데 앓고 나니 키가 확 줄어들었다. 신장을 재보자 몇 개월 사이에 7, 8센티가 줄어들었다. 50세 이전과 비교하면 10센티나 줄어든 키였다.

골다공중으로 절구처럼 생긴 등뼈 부위가 손상되어 뼈와 뼈 사이를 받쳐주는 연골이 무너져버린 결과였다. 이 때문에 통증이 유발되었고, 키도 줄어든 것이다.

바른 자세

버둥거린다고 키가 늘어나는 것도 아니므로 포기했지만, 굽은 등은 어떻게든 펴고 싶었다. 걷게 된 것만으로도 감사하다는 마음은 어느새 사라지고 현 상태에 만족할 수 없다는 욕심이 생겼다.

한 달에 한두 번 척추교정 전문병원에 다녔는데, 그곳에서 나를 담당하는 분께 상의하자 체조와 자세가 중요하다고 알려주었다. 신체 내부에 안 좋은 곳이 있으면 그 부위를 지키기 위해, 혹은 통증을 완화시키기 위해 우리 몸이 무의식적으로 위축된다는 이야기였다. 반대로 평소에 바른 자세를 유지하면 혈액 순환 등이 좋아져 더욱 건강해질 수 있다는 설명이었다.

그러고 보니 초등학교, 중학교 시절에 선생님과 부모님은 수십 번, 아니 수백 번 "자세가 그게 뭐니." 하고 주의를 주곤 하셨다.

허리를 바르게 펴는 것은 건강을 위한 기본 중의 기본이다. 그리고 이왕이면 나이 들어서가 아니라 젊었을 때부터 바른 자세를 유지하는 것이 더욱 좋다. 그렇다고 나이 든 후에는 포기하라는 뜻은 아니다.

나도 한때는 보기 흉할 정도로 등이 굽어져 있었다. 하지만 낙심하지 않고 어떻게든 허리를 곧게 펴려고 노력했다. 척추 교정을 담당하신 선생님도 지압과 마사지로 큰 도움을 주셨다. 그런 노력들이 합쳐져 조금이나마 예전 모습으로 회복될 수 있었다고 믿는다.

개인적인 노력도 중요하지만 정기적인 외출로 남들 눈에 자주 나를 비추는 것도 중요하다. 자극을 받게 되기 때문이다. 굽어진 등을 집안에서 혼자 부끄러워하지 말고 밖으로 나가 친구들과 자주 만난다. 그러다 보면 남들 눈을 의식하게 되고, 이것이 내 몸에 좋은 자극이 된다.

특히 젊은 사람이나 이성과 함께 하는 모임에 출석하기를 권한다. 조금이라도 더 젊게, 더 세련되게 보이고 싶어지기 때문이다. 옷에도 신경이 쓰이지만 스타일도 의식하게 된다. 배에 힘을 주고, 기분으로나마 어깨를 뒤로 당기고, 턱을 앞으로 끌어내려 꼿꼿한 자세를 만들려고 노력하게 된다.

조금씩 천천히 하루도 쉬지 말고

나중에 다시 설명하겠지만 일주일에 한두 번 근처 수영장에 다녔다. 주로 수중 보행이었는데, 준비 운동을 대신해 수영장 기둥에 뒤통수와 발뒤꿈치를 붙이고 등을 쭉 폈다 오므리기를 반복했다. 등을 펼 때는 허리가 최대한 기둥에 밀착되도록 배에 힘을 주었다. 그렇게 1년쯤 연습하자 완벽하지는 않아도 기둥에 닿는 허리 면적이 조금씩 늘어났다.

그로부터 몇 년이 흐른 지난 여름에 한 달 반 가까이 이 같은 준비 운동을 소홀히 했다. 그리고 오랜만에 수영장에서 이 운동을 했더니 허리가 기둥에 아주 약간만 닿을 뿐이었다. 그 사이에 등이 다시 굽어진 것이다.

적잖이 당황스러웠다. 역시나 사람 몸은 매일처럼 노력하고 기회 있을 때마다 움직여야 한다는 것을 배웠다. 어깨를 뒤로 잡아당기듯 어깨뼈를 뒤로 모으고 가슴을 앞으로 내미는(이때 배는 안으로 들여보낸다.) 운동은 하루도 쉬지 말아야 했다고 후회했다.

나이 든 사람이 과격한 운동을 한꺼번에 많이 하는 것은 좋지 않다. 그런 도전도 권하고 싶지 않다. 자기 몸에 무리가 되지 않는 노력을 쉬지 않고 오랫동안 지속하는 것이 가장 중요한 운동 포인트다.

온수풀에 다닌다
수영복을 산다

나는 원래 스포츠를 좋아하지 않는다. 그런데 수영은 천천히 헤엄치면 전신 운동이 되고, 몸의 특정 부분에 무리가 가지 않는다는 말을 듣고부터 50세 이후 수영장을 다녔다. 나이가 들어서도 꾸준히 할 수 있는 운동이라는 생각이 들었기 때문이다. 처음 수영을 시작했을 때 평형으로 25미터를 헤엄치는 게 고작이었다.

수중 보행도 효과적이다

허리를 다치고부터는 수중 보행을 재활 운동으로 삼았다. 혼자 주뼛거리며 수영장 가장자리를 걸어다녔다. 그렇게 10년 가까이 시간이 흘렀다.

수영장에 다녀온 날은 '운동을 많이 했다' 라는 만족감에 깊은 잠을 이루었다. 친구와 시간 약속을 하고 함께 다니는데, 일주일에 두 번 이상은 무리다.

그러는 사이에 언제부턴가 남편이 함께 따라나서게 되었다. 운동 스케줄은 40분이다. 수중 보행 20분, 나머지 20분 간 자유형 흉내가 나만의 메뉴였다. 수중에서 어떤 운동을 해야 좋은지, 수영에 어떤 효용이 있는지는 전문가가 아니라서 정확히 말해줄 수는 없다. 다만 내가 실제 경험해본 결과 다양한 효과가 있음을 알게 되었다.

물속에는 부력이 작용한다. 체중이 관절에 실리지 않는다. 그래서 무릎 통증이 있는 사람에게 특히 좋다고 한다. 수중 보행도, 수영도 물과 피부가 부딪히면서 체온을 높이고, 앞으로 나아갈 때는 저항에 맞닥뜨린다. 물살에 밀려 걷는 것도, 헤엄치는 것도 힘들다. 하지만 그 저항이 몸의 한 군데에만 몰리는 게 아니라 전체를 대상으로 한다. 적지 않은 힘이 필요하므로 온몸의 기운을 쓰게 되는데, 나처럼 허리가 아픈 사람이 힘을 써도 허리에 통증이 없다. 집 근처에 수영장이 있다면 꼭 한 번 이용해보기 바란다.

내 경험상 수영장에 다니기 시작하면서 겨울에도 감기에 걸리지 않았다. 텔레비전 특집프로그램에서 소개된 바에 따르면 수중 운동은 강도가 높지 않아도 체지방 감소와 전신 근육 강화에 도움을 준다고 한다.

5, 60대에 수영장에 다니기 시작했더라도 수영복은 필수다. 지나치게 화려한 수영복도 보기 그렇지만, 어린 학생처럼 짙은 파란색을 고르는 것도 생각해볼 문제다. 그동안 수영과는 거리가 멀었던 사람이 갑작스레 수영복을 골라야 할 처지에 놓이면 우왕좌왕하는 것이 당연하다.

수영복 고르는 법

여성이라면 먼저 색상과 무늬부터 고민할 것이다. 나이가 들었다고 해서 수수한 색상의 수영복을 입으라는 법은 없다. 물속에서는 수영복 색깔이 잘 보이지도 않고, 또 초보자라면 만에 하나 발생할지 모르는 수중 사고를 대비해 눈에 잘 띄는 화려한 수영복을 고르는 게 좋다고 생각한다. 파란색, 흰색은 물에 들어가면 잘 안 보인다. 빨간색, 오렌지색, 노란색이 좋다.

수영모(의무적으로 착용해야 하는 곳이 많다.)도 이왕이면 눈에 잘 띄는 화려한 무늬와 색상을 고른다. 수영모와 물안경을 쓰면 나이대를 가늠하기 어려우므로 창피해하지 않아도 된다.

그보다는 수영복 사이즈를 잘 선택해야 한다. 몸에 딱 맞는 사이즈가 좋은지, 아니면 실제 사이즈보다 조금 더 작은 사이즈를 골라서 몸에 착 달라붙는 게 좋은지를 판단해야 한다.

수영복 매장은 여름 시즌이 아니더라도 다양한 종류를 판매하고 있다. 종류가 하도 많아서 헤매는 경우가 많은데, 상품과학연구소 연구원들이 6개 상품을 5명의 참가자에게 착용시킨 결과를 보면 조금은 참고가 될 것이다.

수영복 선택에서 첫 번째로 중요한 것은 수영복이 필요한 목적이다. 두 번째는 패션보다는 감촉이다.

백화점의 수영복 매장이나 스포츠 용품점에는 의외로 상담 직원이 적다. 가서 물어보기보다는 가기 전에 대략적인 정보를 알아보고 움직인다. 매장에서는 부끄러워하지 말고 몇 벌이든 입어본다. 매장에서 시착한 수영복이 몸에 딱 맞아 옥죄는 느낌이 나더라도 물에 들어가면 젖어서 헐렁해지므로 조금은 꽉 끼는 수영복을 고른다.

건강을 위해 시작한 수영이다. 내 체형에 맞는 수영복을 고르는 것이 매우 중요하다. 나는 꽉 끼는 것보다는 조금 넉넉하게 입는 편인데, 가슴부분만은 약간 잡아주는 정도로 타이트한 수영복이 좋다. 이처럼 사람마다 입기 편하고 마음에 드는 수영복은 가지각색이다. 이런 제품이 좋다고 한마디로 단정할 수 없다.

내가 그간의 경험상으로 느꼈던 점들을 몇 가지 더 이야기하자면 어깨끈이 헐렁한 수영복은 피해야 한다. 속살을 드러내는 게 창피하다는 이유로 긴팔 원피스형 수영복을 고르는 사람도 많은데, 운동을 목적으로 수영복을 구입하는 것이라면 피해야 한다. 혹은 한 사이즈 위의 수영복을 사서 부분별로 줄여 입는 것도 좋지 않다. 상품과학연구소 테스트에 참가한 사람들은 뚱뚱해 보이지 않는 수영복을 선택의 기준으로 삼았지만, 조금 끼어서 뚱뚱해 보이는 수영복이 헐렁한 수영복보다 수영하기에는 더욱 편하다. 옷을 벗을 때 손이 많이 가더라도 몸에 딱 맞는 수영복을 고르도록 한다.

테스트 결과로도 나타났지만 신축성이 좋은 재질의 수영복일수록 수영 효과가 더 뛰어났다. 어깨끈이 넉넉한 것보다는 어깨와 등에 단단히 고정되는 수영복이 좋고, 가슴 부위에 밀착되고, 조금 작다 싶을 만큼 몸에 딱 맞는 제품을 좋은 수영복으로 추천하고 있다. 엉덩이 부위도 밑에서 감싸는 형태로 사이즈에 맞는 수영복이 좋다고 한다.

만약 매장에서 수영복 시착을 반기지 않는다면 그 매장은 두 번 다시 방문하지 않는다.

현재 내가 다니는 수영장에서 지도 강습을 맡은 트레이너가 알려준 것인데, 요즘은 수영 중간에 화장실에 가서도 옷을 벗지 않고 용변을 볼 수 있게끔 앞부분에 지퍼가 달린 수영복도 나온다고 한다.

전신 수영복 스타일은 상의를 한 사이즈 크게 산다.

원피스 타입은 앞에 지퍼가 달린 것으로 구입하고, 등은 U자형으로 파진 것이 좋다. 그래야 벗기 편하다. 어깨끈은 가느다란 끈보다 어느 정도 폭이 있는 끈이 좋다.

겨울철 실내수영장에는 체온 유지를 위해 소매가 달린 수영복을 입는 사람들이 있다. 물에서는 상관없지만 밖으로 나오면 오히려 어깨가 빨리 식는다.

수중 보행과 수영에 따라 선택하는 수영복은 달라진다. 나는 발목까지 내려오는 전신 수영복 타입을 즐겨 입는다. 고령자에겐 이런 수영복이 더 좋지 않나 싶다.

운동을 싫어하는 사람도 온수풀에서의 운동에는 거부감을 느끼지 않는 경우가 많다. 최근 들어 재활을 목적으로 수영장을 찾는 사람들이 늘고 있다. 한 번이라도 운동을 목적으로 수영장을 찾는다면 분명 그 매력에 흠뻑 빠지게 될 것이다.

워킹용 신발을 고른다

걷기는 고령자가 취할 수 있는 최적의 운동요법이다. 따라서 신발도 기준을 정해놓고 고르는 게 마땅하다. 발 크기, 모양, 걷는 습관은 저마다 제각각이다. 친구가 추천했다고 해서 내 발에 맞는다는 보장은 없다.

다들 한 번쯤 경험해봤을 것이다. 겉으로 보기엔 좋아 보여서 직접 신고 매장을 돌아다녀봤다, 발에 잘 맞는다 싶어서 구입했다, 그리고 집에서 다시 신고 외출해보니 발에 맞지 않아 불편하다 등등, 결국 돈 주고 산 신발이 몇 번 신어보지도 못한 채 신발장만 차지하는 애물단지가 되고 만다. 이와는 반대로 발에 딱 맞는 신발을 만나 건강을 되찾았다는 경험담도 있다.

집 근처에 나보다 서너 살 연상인 H씨가 살고 있다. 그녀는 항상 발목이 아프다고 불만을 늘어놓곤 했다. 이 때문에 병원까지 다니며 치료를 받는다고 말했다.

그렇게 반 년쯤 지난 어느 날, 솜씨가 좋다는 수제 구두가게를 소개받았다. 가격이 약간 비쌌지만 신발을 주문했다. 그 신발을 신자 발 통증이 치료되었다고 한다.

편한 신발을 만나려면

나는 발이 조금 큰 편이다. 허리가 아프기 전부터 발에 맞는 신발을 찾느라 고생을 많이 했다. 외국에 나갈 기회가 있을 때마다 기념품은 제쳐놓고 신발만 보러 다녔다. 열심히 신어보며 내 발에 꼭 맞는 신발을 찾으려고 애를 썼다.

특히 허리에 이상이 생긴 후로는 뒤꿈치가 낮고 바닥이 미끄럽지 않은 신발을 기본적으로 선택하고 있다. 여기에 반드시 끈으로 묶는 형태여야 한다. 디자인이 마음에 들어도 발 폭과 길이별로 신어본다. 신발을 신고 매장을 성큼성큼 돌아다니며 충분히 시험해본 후 구입하고 있다.

이만큼 신경 써서 구입해도 몇 번 신고 돌아다녀보면 미묘하게 발에 맞지 않는 데가 있어 신발장에 쌓아두게 된다. 기껏해야 짧은 거리를 다녀올 때나 한 번씩 신는 것이 고작이었다.

그런데 몇 년 전 캐나다에서 한 달간 머물 때였다. 산책하고 돌아오는 길에 자주 들르는 카페가 있었다. 그곳엔 체중이 상당해 보이는 몸집이 큰 웨이트리스가 있었다. 그녀가 신고 있는 신발은 중년 스타일의 디자인에 끈으로 묶는 구두였는데, 겉으로 봐도 참 편해 보였다.

하루는 그녀에게 신발에 대해 물어보았다. 그러자 생긋 웃으며 산 곳을 가르쳐주었다. 그 길로 알려준 점포로 갔다. 진열된 신발 중에는 내가 이미 갖고 있는 것과 비슷한 디자인도 많이 보였다. 주인이 내 발에 맞춰 신발 형태를 잡고 발에 신겼다. 달라붙듯이 잘 맞는다.

그 자리에서 신발을 맞췄다. 완성된 신발을 신었더니 기존에 갖고 있던 신발과는 확연히 다르다. 아무리 오래 신고 다녀도 발바닥이 당기지 않고, 특정 부위가 신발에 계속 쓸리는 일도 없다.

웨이트리스에게 물어보기를 잘했다는 생각이 들었다. 또 한 가지 놀란 것은 신발 값이었다. 일반적인 구두 값보다 두서너 배는 더 비쌌다. 뻔한 월급에도 그녀는 이렇게 비싼 수제화를 신고 있었던 것이다. 유럽 사람들의 신발에 대한 기본적인 생각을 엿볼 수 있는 대목이었다. 비싸다고 좋다는 건 아니지만, 정말 필요하다는 생각이 들 때는 조금 비싸더라도 투자할 가치가 있다고 본다.

그렇다면 걷기에 알맞은 신발은 어떤 걸까. 보행협회와 공동으로 '미즈노' 라는 스포츠 용품 전문 메이커가 운동화를 개발했다. 이 운동화는 축축한 노면에도 바닥이 미끄러지지 않는다고 한다. 이를 위해 바닥에 폐타이어를 칩(chip)모양으로 잘게 분쇄해서 섞었다고 한다.

이 운동화를 소개한 신문기사에 따르면 조깅 슈즈와 워킹 슈즈의 근본적인 차이는 바닥의 강도에 있다. 조깅은 바닥이 부드러울수록 충격 흡수에 유리하다. 반면에 워킹, 즉 10킬로미터, 20킬로미터씩 걷는 사람들이 신는 운동화는 바닥이 부드러울수록 발이 피곤해진다. 따라서 워킹화는 적당한 경도와 굴곡성을 갖춰야 한다는 것이다.

상품과학연구소가 60세 이상의 여성 7명을 모니터한 결과를 살펴보면 워킹 슈즈는 바닥이 미끄럽지 않고 비교적 두꺼울수록 발이 편했다. 따라서 구입 전에 매장 전문가의 조언을 받는 것이 중요하다. 운동화도 중요하지만 양말도 그에 못잖게 중요하다. 워킹용 양말을 신고 큰 보폭으로 걸어본다. 상품과학연구소는 워킹용 양말 착용 후 운동화를 신었을 때 뒤꿈치가 땅에 닿는 느낌이 드는지, 발바닥이 운동화 안에서 미끄러지는 감은 없는지 확인하라고 조언한다.

내 발의 특성을 파악하라

'찍찍이'로 불리는 매직테이프는 착용이 간편한 대신 신발을 발에 밀착시키는 데 한계가 있다. 그래서 운동화는 끈으로 묶는 제품이 건강에 더 좋다. 이것도 혼자 신발을 신고 움직이는 데에 불편함이 없는 사람들 이야기다. 계속 누워 있었거나, 혼자서는 신발을 신지 못하는 사람, 조금만 걸어도 발등과 바닥이 부어오르는 사람은 무조건 가벼운 운동화, 그것도 매직테이프로 쉽게 착용할 수 있는 운동화를 고른다.

『노인을 위한 도구 안내』라는 책에 메이커별로 매직테이프 운동화와 신축성을 비교 조사한 내용이 실려 있다. 또 발 모양에 맞는 신발도 소개하고 있다. 요즘은 신발만 전문으로 상담해주는 슈 피터(shoe fitter)라는 직업도 있다. 신발 구입 전에는 반드시 발의 특성을 매장 직원들에게 이야기하는 습관도 기른다. 어쨌든 오래 신어도 발이 아프지 않은 신발이 한 켤레는 있어야 한다.

신발 안창을 바꾸는 것도 대안이 될 수 있다. 안창만 바꿨을 뿐인데 발바닥과 발가락 통증이 사라져 편하게 걸을 수 있었다는 사람도 많고, 개중에는 무릎과 허리 통증까지 개선되었다는 보고가 있다. 특수 안창도 시중에서 쉽게 구할 수 있으며, 대형병원 정형외과마다 신발 안창을 전문으로 상담해주는 피지컬테라피스트가 있다.

걷기 위해서는 발이 중요하다. 아직까지 편한 신발을 만나지 못했다면 다양한 제품을 시착해보고, 자기 발에 맞는 신발을 찾게 될 때까지 노력을 게을리하지 않는다.

골다공증이라는 말을
듣게 되었다면

50대 중반부터 병원에서 골밀도를 측정할 때마다 전문의로부터 "골밀도가 80세에 가깝습니다. 뼈가 매우 약해진 상태입니다."라는 말을 듣곤 했다. 호르몬 요법과 한약 처방 등 여러 병원을 다니며 약물 치료에 나섰다. 운동도 중요하다고 해서 뼈에 좋다는 조깅, 요가, 기공체조를 열심히 했다. 하지만 별다른 효과를 보지 못했다.

64세 때 해외 여행을 가게 되었는데, 오랜 시간 비행기 좌석에 앉은 탓인지 급작스레 요통이 발발했다. 귀국하자마자 서둘러 정형외과를 찾았고, 요추가 망가진 것 같다는 진단을 받았다.

통증이 워낙 심해서 몸을 뒤척이는 데에도 시간이 오래 걸렸다. 아픈 몸을 이끌고 정형외과와 척추교정전문병원, 침, 지압 등 다양한 치료를 받았지만 특별한 효과는 보지 못했다.

정형외과에서 특수 코르셋을 착용해보라는 권고를 받고 허리에 두른 후 집에 왔는데 너무 아파서 당장 벗어버렸다.

그 후 친구의 권유로 임산부처럼 무명천을 허리에 감아보았다. 코르셋과는 비교가 안 될 만큼 편하고 통증도 완화되었다. 그래서 2년 가까이 전철을 타고 외출할 때마다 옷 속에 무명천을 두르고 다녔다. 10년이 지난 지금도 밤에 잠들기 전에 무명천을 두른다. 대신 낮에는 팬츠형의 부드러운 고무제 코르셋을 착용하고 있다.

빈번한 고령자의 골절 사고

국민생활센터에서 발간한 『고령자의 골절 사고』 리포트를 보면 65세 이상 골절 사고에서 여성은 남성의 두 배에 달했다.

첫 번째 이유는 여성이 남성보다 평균 수명이 높기 때문이다. 또 나처럼 갱년기 이후 여성들은 골밀도가 급속하게 낮아진다.

65세 이상 고령자의 골절 사고 원인을 살펴보면 계단에서 추락하는 사고가 가장 많았다. 다음은 도로에서 미끄러지는 사고였다. 세 번째는 놀랍게도 집안에서 일어난 복합 사고였다. 주로 골절되는 부위는 대퇴부와 하퇴부였다. 이어서 흉부, 어깨, 팔꿈치, 팔목 순이었다.

집안에서 골절 사고가 일어나는 원인 중 1위는 미끄러져 넘어지는 것이었다. 집안에서 일어나는 미끄럼 사고는 대개 방바닥에 흐트러진 신문지 위를 지나가거나, 마루에 기름을 흘렸거나, 청결을 위해 왁스를 칠해놓은 경우, 또 카펫 위에서 나일론 재질의 옷을 밟고 미끄러져 넘어지는 경우도 많았다.

이 같은 낙상 사고는 사실 젊었을 때도 흔히 겪는 일이다. 하지만 젊은 시절엔 미끄러져 넘어지더라도 몸의 균형을 어느 정도 유지할 수 있었다. 또 심하게 넘어져도 골절로 이어지는 경우가 거의 없었다. 그러나 운동신경이 둔화된 고령자는 작은 사고에도 뼈가 약한 탓에 쉽사리 골절로 이어진다.

요통이 진행 중일 때 주의 사항

허리 때문에 3개월 가까이 누워 지내던 어느날, 만약에 몸이 낫더라도 체력도 떨어지고 근육도 약해진 터라 미끄러져 넘어지기라도 했다간 크게 다칠 것만 같다는 생각이 들었다. 넘어진 충격으로 아예 드러눕는 신세가 될지도 모른다는 걱정이 생겼다. 그래서 요통이 조금씩 나아질 기미를 보이자마자 집 앞부터 시작해 몇 미터씩이라도 매일 걷기 시작했다. 그리고 한 발, 한 발을 정말 신중하게 내디뎠다. 다른 사람이 어떤 식으로 쳐다보든 그들에게 직접적인 피해를 주지 않는 한, 내 상태가 나쁘다는 것을 몸으로 보여주며 내 곁으로 다가오지 않도록 잔뜩 경계했다.

그때 내가 각별히 주의했던 사항들은 다음과 같다.

❶ 바닥이 미끄럽지 않고 오래 신어도 발이 피곤하지 않은 신발을 신는다.

❷ 걸을 때 특히 조심한다. 발 디딜 곳을 눈으로 먼저 확인하고, 조금이라도 위험이 감지되면 반드시 주변 사물을 손으로 붙든다. 안전해

보이는 곳을 지날 때도 만에 하나 있을지 모르는 사고를 대비한다.

❸ 건널목, 신호등 앞에서는 절대로 뛰지 않는다. 조금 늦었다 싶으면 다음 차례를 기다린다.

❹ 사람들로 북적이는 거리에서는 팔을 좌우로 흔들거나, 손을 앞으로 뻗어 주위에 다가오지 못하도록 경고한다. 양해를 구해서라도 사람들이 가까이 다가오는 것을 차단한다.

❺ 시내의 인도는 자전거도 다닌다. 열 걸음 남짓 뗀 후 고개를 돌려 뒤쪽을 확인한다.

❻ 대중교통을 이용할 때 옆 사람과 몸이 닿으면 큰소리로 '죄송합니다', '밀지 마세요' 라고 말하는 습관을 기른다.

❼ 대중 교통 이용 시 차가 움직이기 전에 손잡이를 꼭 잡고, 노약자석을 이용한다.

❽ 집안에서 전화, 또는 방문자의 초인종 소리에 놀라지 않는다. 급해도 뛰지 않는다.

한 가지 헷갈렸던 게 계단이나 거실에 있는 카펫 모서리의 닳은 부분에 괸 돌 등을 놓아둘 것이냐는 점이었다. 신문과 잡지에서는 낙상 사고를 방지하기 위한 괸 돌 등이 오히려 발을 걸어 넘어뜨리는 원인이 된다고 말했기 때문이다.

이 문제로 한참을 고민하다가 결국 괸 돌은 두지 않기로 결정했는데, 이처럼 집안에도 위험한 장소가 많으므로 하나씩 원인을 제거하려는 노력과 관심이 필요하다. 무엇보다도 본인 스스로 미끄러운 곳, 발에 걸려 넘어질 것 같은 곳을 사전에 의식하고 손과 눈과 무릎의 긴장을 늦춰서는 안 되겠다.

운동을 쉬지 않는다

넘어져서 다치지 않는 것도 중요하지만 더욱 근본적인 대책은 운동이다. 하루에 최소 7,000보는 걷도록 한다. 비가 오는 날도 운동을 거르지 않는다. 비 오는 날을 대비해 바닥이 여간해서는 미끄럽지 않은 신발, 방수 처리가 확실한 신발을 구입한다. 외출 시에 짐은 최대한 가볍게 줄인다. 구체적인 수치를 들자면 500그램 이하가 좋다.

극심한 운동은 몸을 피곤하게 만들어 되려 안 좋은 영향을 미치므로 외출 범위는 집 근처로 좁힌다. 먼 곳으로 외출하거나, 하루에 2회 이상의 잦은 외출은 삼간다. 만일 멀리 갈 일이 생기면 이틀 연속은 안 된다. 하루 걸러 약속을 잡는다는 원칙을 세운다.

이소플라본

골다공증 예방에는 음식이 매우 중요한데, 최근에 각광받고 있는 식품은 이소플라본이 많이 함유된 콩이다.

NHK 텔레비전에서 '한 번 시험해보세요' 라는 프로그램을 보게 되었다. 출연자인 65세 간호사는 매일 자신의 골밀도를 측정해왔다. 그런데 2년 전부터 계속 줄어들기만 하던 골밀도가 다시금 향상되었다고 한다. 그 이유를 다각적으로 조사하던 중 그녀가 자주 먹던 콩나물에 이소플라본이라는 물질이 있다는 것을 알게 되었고, 이소플라본의 분자구조가 여성호르몬과 가깝다는 것도 알게 되었다. 즉 이소플라본이 신체 내에서 여성호르몬과 비슷한 작용을 했던 셈이다. 그녀의 골밀도가 향상된 원인은 2년 전부터 꾸준히 섭취해온 콩나물에 있었다.

골밀도 유지에 음식이 중요하다는 것은 오래 전부터 알려진 사실이다. 그러나 많은 전문가들이 한 번 약해진 골밀도는 원상회복이 불가하며, 고작해야 현상유지가 최선이라고 말해왔다. 유일한 대안으로 여성 호르몬을 강제로 몸 안에 주입하는 방법이 있다고 알려졌지만, 인위적인 호르몬제 투입은 신체의 다른 균형에 나쁜 영향을 미칠 위험이 있었다.

간호사는 세끼마다 챙겨먹은 콩나물에 골밀도를 향상시킨 이유가 숨어 있다는 확신을 갖고 여러 모로 조사하기 시작했다. 그러던 중 의학서인 『의심방(醫心方)』에서 콩이 골량(骨量)을 증가시킨다는 기술을 찾아냈다.

콩과 참깨 같은 곡식류는 우리 신체에 매우 좋은 음식이다. 뼈를 위한다면 콩만 먹을 게 아니라 나이에 맞는 운동, 특히 속보 등을 실천하는 것이 중요함은 말할 필요도 없다.

지인의 권유로 골다공증 전문의를 찾아갔다. 전문의는 다른 약은 제쳐두고 나의 골밀도를 문제 삼으면서 뼈를 강하게 해주는 보충제를 권했다. 그리고 일상 생활에서 주의해야 될 점으로 충분한 수면과 쌀을 주식으로 하는 균형 잡힌 식사, 적절한 운동과 햇빛을 자주 쬐라고 충고했다. 내가 평소에 어떤 운동을 하고 있는지 질문하고는 그것으로 충분하다고 말했다. 가능하면 등을 똑바로 펴는 바른 자세에 유념하라는 말도 빼놓지 않았다.

그 후로 식사에 더욱 유의하게 되었다. 운동도 열심히 한다. 두 번 다시 예전과 같은 고통에 시달리고 싶지 않다는 마음이 간절하기 때문이다.

가벼운 마음으로
점심 초대를

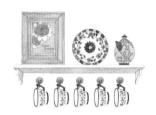

　2, 30년 전, 애들이 한창 클 무렵에는 집이 모자랄 만큼 많은 손님들을 한 달에 두서너 번은 꼭 초대하곤 했다. 홈파티가 일상화된 캐나다에서 3년 간 살았던 영향도 있겠지만, 기회가 될 때 한꺼번에 초대하면 의외로 수고도, 돈도 절약할 수 있고, 여럿이 즐겁게 시간을 보내게 되어 좋았다.

　그때 버릇이 계속 남아 있었는지 허리 때문에 꼼짝도 못하는 처지가 된 후에도 지인들에게 안부 전화가 걸려오면,

　"요통은 전염병이 아니니까 놀러와도 돼."

　하고 농담을 건네곤 했다.

　내가 이렇게 말하면 잔업이 많은 직장에 다니는 친구마저도,

　"그럼 뭐 사갈까?"

　하고 시간을 내어 찾아오는 것이었다.

"이 집은 간단하게라도 먹을 것을 차려놓고 오라고 해서 마음이 편해."

낮에 와서 저녁 늦게까지 우리 남편도 한자리 끼어 즐겁게 놀고 돌아갔던 친구는 이렇게 말했다.

환자인 나만 상대하던 남편도 그런 날은 내 친구들과 즐거운 시간을 보낸 덕택에 평소보다 표정이 한결 밝아지곤 했다.

이에 자신감이 생긴 나는 기회가 있을 때마다 아무런 준비도 해놓지 않고 "점심이나 먹으러 와." 하고 친구들을 부르기 시작했고, 지금까지 계속되고 있다. 반찬이라고 해봐야 돼지고기를 볶고 된장국을 끓이는 게 전부다.

집안이 아무리 더러워도 식탁만 치운다. 볼일이 있어 잠깐 들른 이웃도 현관에 들어서면 무조건 손을 잡고 안으로 들인다.

상대가 당황하지 않도록,

"외국 사는 친구한테 커피 선물을 받았는데 아주 맛있어요. 그걸로 할래요, 아님 차로 줄까요?"

하고 말을 걸면서 이것저것 준비할 시간을 만든다.

2층에 있는 남편도 부른다. 요즘은 남편도 무슨 일에 열중했다가도 손님이 오면 거실로 내려온다. 한 번도 본 적 없는 손님이더라도 웃으면서 같은 테이블에 앉는다.

방이 지저분하다, 배우자가 집에 있어서 손님도 불편할 것이다, 라는 걱정에서 고령자는 자유롭다. 만나고 싶은 사람이 있다면 망설이지 말고 초대한다. 그러다 보면 평소에도 만일을 대비해 집을 깨끗하게 관리하려고 노력하게 되고, 집에서도 최대한 깨끗하고 밝은 옷을 입게 된다. 이 모든 게 건강한 삶을 향한 의욕이 된다.

옛날 우리네 정서에서는 닭들이 노니는 뜰 앞에 앉아 볕을 쬐던 노인이 지나가던 마을 사람을 붙잡고 차를 대접하는 게 예의였고 인정이었다. 이런 식으로 교류하다보면 무슨 일이 생겼을 때 서로 도움을 주고받기도 편하다.

집에 사람을 부를 때는 고급 과자가 있어야 한다는 편견을 버릴 때가 되었다. 겉치레보다 더 중요한 건 서로 간에 즐거운 대화가 오가느냐는 점이다. 누구 흉을 보거나, 뒷말로 악담하지 않는 것은 기본이고, '그 사람 집에 놀러가면 즐겁다'라고 손님이 느낄 수 있는 분위기를 만들어내야 한다. 그러기 위해서는 어떻게 해야 할까.

여기 무척이나 대조적인 두 친구가 있다. 내 친구인 A씨와 B씨는 캐나다에 살고 있다. 오래 전부터 가깝게 지내던 친구들로 나이가 든 후에도 변함없이 지내는 돈독한 사이다. 우리 부부가 캐나다에 머무는 동안 늘 곁에 있어주었다. 두 친구 모두 마음씨가 착한데 나이가 들면서 조금씩 차이가 나타나기 시작했다.

A씨는 우리 부부 중 한 사람이 이야기하는 동안에 말을 가로막지 않는다. 재미난 얘기에 웃음을 터뜨리며 끝까지 들어준다. 그녀 차례가 되어도 우리 부부가 흥미를 가질 만한 소재를 꺼낸다. 그마저도 길게 끌지 않는다.

"A씨는 성격도 얌전하지만 같이 대화하다 보면 마음이 차분해져."

라고 언젠가 남편이 말한 적이 있다.

이와 달리 B씨는 전화로,

"내일 점심에 열두 시까지 현관 앞으로 나와."

우리를 생각해주는 다정함을 모르는 것은 아니지만, 그 후로도 같은 말을 몇 번이나 더 확인하기 때문에 나중에는 조금 지친다. 만나서 대화가 시작되면 그녀의 남편과 남자들끼리 주고받는 대화에 끼어들어 화제를 독차지한다. 한 번 대화의 주도권을 잡으면 쉽게 놔주질 않는다.

그 친구를 볼 때마다 나도 요령 있게 말하는 편이 아니라 은근히 걱정이 된다. 그래서 집에 찾아온 손님 중에 말을 조리 있게 잘하는 사람이 있으면 곁에서 배우려고 노력한다. 여럿이 함께 이야기를 나누는 자리에서는 내 나름대로 각자 시간을 분배하여 말수가 적은 사람을 대화에 참여시키려고 부추겨보기도 한다.

나이 들어서도 2, 30대와의 대화가 충분히 즐거울 수 있다. 젊은 세대와의 대화는 고령자에겐 일종의 활력소다. 신선한 즐거움이 가득하다. 앞으로도 젊은 사람들과 격의 없이 대화하는 것이 나의 꿈이므로 자주 기회를 만들어 사람들과 어울린다. 그리고 혼자 남게 되었을 때 반성할 점과 개선해야 될 점을 찾아낸다

나이가 들면 목소리에 기운이 없다. 상대방이 듣기에 음감이 나쁘다. 이를 생각해서 좀 더 목소리에 힘을 주는 습관을 기른다. 이런 습관이 노화를 지연시켜준다고 생각한다.

사람들과 어울려 우스갯소리를 떠들며 실없이 웃는 것도 건강에 좋다는 말을 들었다. 얼마든지 개인의 노력으로 가능한 개선들이다. 밝은 마음으로 남은 시간을 즐겁게 지내려고 노력하는 사람이 되어야겠다.

커튼을 바꿔 화려하게

며칠에 한 번씩 청소 등의 가사일을 돕는 가정부 아주머니에게서,

"커튼을 자주 빠시나 봐요."

라는 말을 들었다.

우리 집 거실과 컴퓨터가 있는 작업실 커튼은 원래 침대시트였다. 캐나다에서 가장자리에 장식이 달린 시트를 사다가 한 쪽 길이를 줄이고 고리를 달아 커튼으로 쓰고 있다. 처음부터 커튼으로 쓸 작정이었기에 창문 폭에 맞춰 킹사이즈로 구입했다.

현재 우리 집 거실 겸 식당에는 전면에 장미꽃이 화려하게 피어 있는 밝은색 커튼이 걸려 있다. 원래 시트였기에 세탁기로 빨아 대충 말리면 된다. 다림질도 필요 없다. 1년에 두 번 세탁하는데, 세탁소에 맡기거나 할 필요가 없어서 수고도, 비용도 많이 절감된다.

삼 면을 바라보는 넓은 창문에 커튼만 달아놓아도 훌륭한 인테리어

가 되었다. 벽면엔 추억이 담긴 사진과 가장 최근의 베니스 여행에서 구입한 작은 수채화를 걸어놓았다.

마음에 드는 찻잔을 고르게 한다

반대편 창가엔 폭 120센티미터의 붙박이 유리장이 있다. 유리장의 하얀 페인트는 10년에 한 번 새로 칠한다. 유리장에는 영국식 본차이나의 정통 찻잔이 스무 개 남짓 진열되어 있다. 캐나다에서 귀국할 때 친구가 작별 선물로 준 것을 포함해서 찻잔마다 무늬도, 색상도 모두 다르다. 집에 손님이 오면 거실로 안내하고 유리장에서 마음에 드는 찻잔을 고르도록 한 후 여기에 홍차나 커피를 따른다. 썹을 거리라곤 초콜릿뿐이라도 근사한 티타임이 완성된다.

식탁에도 꽃이 가득한 식탁보를 깔았다. 폴리에스테르 혼방이라 세탁이 간편하다. 꽃무늬로 가득해 얼룩도 잘 보이지 않는다. 미리 약속하고 손님이 찾아올 때는 흰 바탕에 장미꽃을 흩어놓은 무늬의 식탁보로 교체한다. 예전에는 흰색과 베이지색을 좋아했다. 그러나 남편과 단둘이 남게 되면서 실내를 밝게 꾸미려고 노력했다.

벽에 걸린 액자는, 비록 캘린더일지라도 심심할 때마다 변화를 준다. 손자와 외국에 사는 친구로부터 생일카드, 어버이날 카드가 날아오면 텔레비전 위에 예쁘게 꾸며놓는다.

신문은 반드시 케이스에 넣는다. 케이스는 항상 난방기 근처에 있다. 신문을 읽지 않을 때는 안전을 위해 케이스에 넣어둔다. 양이 많아서 케이스에 다 들어가지 않을 때는 거실에서 아예 신문을 없애버린다.

그 외의 우편물은 조금만 방심해도 방안을 어질러놓기 일쑤다. 그래도 별로 신경 쓰지 않는다. 정리도 자주 하는 편은 아니다. 밝고 화사한 커튼과 아름다운 무늬의 찻잔이 놓여 있는 찬장, 깨끗한 식탁보만으로도 갑자기 방문한 친구는,

"집안을 잘 꾸며놓으셨네요."

라고 칭찬해준다.

약간의 연구로 기분이 밝아진다. 굳이 손이 많이 가는 인테리어를 계획하지 않아도 된다. 조금만 집안 풍경을 바꾸고 가까운 친구들을 초대해보자.

컴퓨터는 고령자의 친구

    비슷한 또래의 친구들 이야기를 들어보면 전자 제품, 특히 컴퓨터에 대한 생각은 크게 두 가지로 나뉜다. 소극적인 친구들은 컴퓨터는커녕 전화기마저 구식 다이얼을 돌리고 있다. 경제적으로 어려워서 그런 것도 아니다.

    도쿄에서 직장 생활을 하는 지인은 지방에 사는 어머니가 항상 걱정이지만, 생활 시간이 달라서 제대로 연락을 취하지 못했고, 이것이 늘 불만이었다.

    "부재중 응답 기능이 달린 전화나 팩스라도 있었으면 좋겠어요."

라고 투덜거린다.

    지방이라는 지역적 환경보다는 고령이라는 생활 환경의 차이에서 발생한 문제다. 특히 고령자 세대의 경우 이런 문제가 적지 않다. 이메일도 쓸 줄 몰라서 젊은 세대와의 커뮤니케이션은 날이 갈수록 악화된다. 고령자가 아주 약간이라도 새로운 기기에 관심을 기울인다면 젊은 사람들과의 거리는 지금보다 훨씬 짧아질 것이라고 확신한다.

요즘 세상엔 세대 간에 시간의 장벽이 있다. 손자와 같이 살지 않는 노인은 손자와 연락하고 싶어도 시간을 맞추기 어렵다. 예를 들어 노인이 아침에 눈을 뜨면 손자는 학교와 직장에 나가고 없다. 그리고 노인이 잠드는 한밤중에야 집에 돌아오는 것이다.

그래서 고령자에게 권하는 IT도구가 컴퓨터다. 컴퓨터에 도전해보자. 주변의 젊은 사람에게 부탁해서 도움을 청한다.(우리나라의 경우 동네 문화센터에 노년을 위한 컴퓨터 강좌 등이 개설되어 있다. 역자주)

초보 수준이라도 컴퓨터를 사용할 줄 알게 되면 우리의 일상에서 두 가지 큰 변화가 나타난다.

이메일에 도전하라

첫째는 전화와 편지가 하나로 합쳐져 상대방 컴퓨터에 자동으로 들어간다. 이것을 '이메일'이라고 부른다.

이메일은 휴대전화로도 가능한데, 휴대전화는 화면이 작아서 글씨가 잘 안 보인다. 무엇보다 글자 수에 제한이 있다. 문자를 입력하는 키패드가 숫자와 뒤섞여 있고, 입력 방법도 특수해서 익숙해지려면 시간이 걸린다. 이메일은 화면이 큰 컴퓨터가 편리하다.

오래 전에는 워드프로세서 전용기가 있어 컴퓨터는 필요하지 않았다. 하지만 새로 만든 명함에 이메일 주소를 기재해야 될 것 같아 결국 컴퓨터를 구입했다.

컴퓨터에 익숙해지기까지 적잖은 시간이 걸렸지만, 그럭저럭 사용에 불편함은 없는 수준에 도달했다. 내가 컴퓨터를 샀다는 소식을 듣고 가장 기뻐한 사람은 외국에 사는 딸이었다. 통신비가 전혀 들지 않고, 종이와 펜, 우표도 필요 없고, 시차에 관계없이 우리 부부가 자는 동안에도 짤막한 편지들이 내 메일주소로 들어온다. 손자 근황도 매일 알 수 있다. 요즘은 열 살 된 손녀가 스스로 메일을 작성해 직접 보내고 있다.

이메일로 연락을 주고받는 상대는 손녀만이 아니다. 일 때문에 바빠서 여간해서는 연락하기 쉽지 않고, 또 생활하는 시간대가 맞지 않아 한 번 만나면 다시 약속 잡기가 힘들었던 지인들과 메일로 쉽게, 자주 연락할 수 있게 되었다. 퇴근 후 한밤중에 메일을 보내면 나는 낮시간에 읽고 답장을 보냈다.

이메일 덕분에 예전에는 기대하기 어려웠던 일들이 많이 일어났다. 웬만해서는 한 번 만나자는 말을 꺼내기조차 힘들었던 사람들과 아무런 거리낌 없이 사소한 일로도 연락을 주고받는다. 내가 아무 때나 편한 시간에 연락을 해도 상대방에게 폐가 되지 않는다.

조작도 간단하고 정말 편리하다

컴퓨터의 두 번째 기능은 폭넓은 정보 입수다. 바로 인터넷의 활용이다. 인터넷으로 신문은 물론이고, 시중에 유통되는 모든 매스미디어를 검색할 수 있다. 수만 가지 기사와 정보를 해당 홈페이지에 클릭함으로써 언제든 자유롭게 이용할 수 있다. 연극, 음악회 티켓도 인터넷으로 예약하고, 여행을 떠나고 싶을 때는 항공권과 숙박처까지 인터넷으로 예약한다.

내가 살고 있는 도쿄 세다가와 구에서는 도서관 이용도 인터넷으로 한다. 도서관 홈페이지에서 읽고 싶은 책을 미리 예약해놓거나, 대출한 책의 기간을 연장할 수도 있다. 회원 가입만 해두면 언제든지 집에서 컴퓨터로 도서관을 이용할 수 있다.

고령자가 자주 이용하는 택배 급식과 식료품 구입도 인터넷을 사용한다면 선택의 폭이 더욱 넓어질 것이다.

컴퓨터와 인터넷은 외출이 자유롭지 못한 고령자에겐 최적의 활동 영역이다. 컴퓨터 앞에 앉아 전 세계의 정보를 훑어보고 필요한 물건들을 구입한다.

이메일과 인터넷은 컴퓨터를 구입하고, 업체를 불러 통신선을 연결한 후 며칠 동안 조작 방법을 배우면 누구든지 이용할 수 있다. 특히 손자들과의 커뮤니케이션으로는 최적의 도구다.

앞으로 컴퓨터의 기능은 더욱 확산될 것이다. 가격도 많이 내렸다. 무엇보다도 컴퓨터 없이는 생활이 불가능한 시대가 되었다. 나이가 들었다는 이유로 뒷걸음질쳐서는 안 된다. 전자기계라고 해서 무조건 회피하지 말고 좀 더 적극적으로 다가가보자. 젊은이들처럼 놀이를 즐긴다는 기분으로 접근한다면 쉽게 익숙해질 것이다.

정년 후의 생활은
여유와 온화함이 중요하다

스페인의 세계적인 클래식 기타리스트 세고비아의 연주 비디오를 우연히 보게 되었다.

"정말 잘하네!"

그는 자신이 좋아하는 곡만 연주했는데, 곡의 아름다움이 연주자의 가슴을 타고 흘러 청중에게까지 전해졌다. 풍요로운 음색이지만 고도의 연주실력을 자랑하려는 기색이 전혀 없었다.

그의 연주에 귀를 기울이면서 평범한 연주자와 세계적인 연주자의 차이가 무엇일까, 하고 생각해보았다.

나는 기타를 연주한 적도 없고, 누군가를 비평할 만한 지식도 없다. 그저 음악을 좋아해서 자주 듣는 것뿐이다. 음악적 이론에는 문외한인 내가 생각하기에 감동적인 연주란 그 음악을 처음 듣는 사람마저 빠져들게 하는 연주가 아닐까 싶다.

명실공이 세계 최고라 부를 수 있는 세고비아의 연주를 듣다가 실황 당시 그의 나이가 상당한 고령이었음을 깨닫게 되었다. 그러고 보니 우리 같은 고령자에게 뭔가 따뜻한 메시지를 전하려는 건 아닐까, 하는 착각이 들었다.

　현재의 고령 세대는 젊었을 때 누구보다 열심히 살아온 사람들이다. 주어진 일에 최선을 다하면서 가족을 돌봤고, 자녀들을 키웠다. 이제와 돌이켜보면 즐거웠던 추억도 많지만, 괴로워도 누군가를 붙잡고 하소연하거나 불평하지 않고 홀로 묵묵히 최선을 다했다. 살다보면 누구나 좌절을 경험한다. 만사가 귀찮아져 포기하고 싶어질 때도 있다. 그런 시련들을 견뎌냈기에 오늘이 있다.

　그의 음악에서 감동이 전해지는 까닭은 우리에게 그런 날들이 있었기 때문이다. 세고비아가 자신이 좋아하는 곡만 연주하는 이유도 자신을 움직였던 곡을 통해 그가 살아온 아름다운 시간들을 우리에게 전달하고 싶기 때문은 아닐까. 갑자기 그런 생각이 들었다.

　자신이 좋아하는 곡만 연주하는 것은 아집이 아니다. 그가 느꼈던 감동을 우리에게 전하기 위해서는 그 방법밖에 없었을 것이다. 그래서 세고비아의 연주는 정년이 되었거나, 가족을 돌봐야 하는 의무에서 벗어난 사람들에게 이제부터는 당신이 하고 싶은 일을 하며 살라고 속삭여주는 것 같았다.

　세고비아는 장식음에 치중하고 기교를 내세우는 연주자가 아니다. 꾸미지 않는 기타 소리에 귀도, 마음도 편하다. 그가 연주하는 음마다 부족함도, 넘치는 부분도 없다. 모든 게 잘 갖춰진 음들이 편안하게 울려온다. 정확하되 강박적이지 않다. 그래서 오래 들어도 답답함이 없다.

여유와 즐거움은 감동으로 이어진다

그때 문득 내 머릿속에 떠오른 광경이 있었다. 어느 땐가 내가 다니는 수영장에서 나이 지긋한 노인이 천천히 헤엄치는 광경을 구경했던 적이 있다. 물살을 가르는 느긋한 손짓이 왠지 모르게 아름답다고 느껴졌다. 세고비아의 연주와 비슷한 데가 있었다.

다같이 나이 들어가지만 정년과 동시에 다음 단계의 인생을 설계하고, 몇 개월 동안 준비하고, 반년 안에 목표를 이루겠다는 등 자기 몸 상태와 가족들 의견을 묻지 않고 무조건 목표를 향해 달려가는 사람이 있는가 하면, 앞날의 어두운 면만 바라보고 끊임없이 좌절하고 불평하는 사람도 있다.

이 나이가 되고 보니 옛날에 즐겼던 취미와 배웠던 교양들이 돈과 계약에 얽매이는 일은 없다. 월급을 받으려고 뭔가를 해야겠다는 생각도 나지 않는다. 심혈을 기울여 연습하고, 새로운 뭔가를 만들려고 노력할 수는 있겠지만, 어디까지나 그 시간이 나를 즐겁게 만들어줘야 한다.

앞으로 남은 인생이 세고비아의 연주처럼 특별하지도 현란하지도 않지만, 살아온 인생의 깊이만큼 여유로워지기를 바란다. 장식하지 않아도 만족스럽기를 바란다. 고령자의 삶은 지금껏 살아온 인생이 우러나오는 시기다. 진실하게 살아온 그 마음이 행동에서 우러나와야 하지 않을까.

남편을 자랑하는 것 같아 창피하지만, 남편은 한달에 한두 번씩 시아주버니, 친구 두 명과 함께 골프를 즐긴다. 필드에 나가면 최소 2만 보는 걷기 때문에 건강에도 좋고, 간만에 형제, 친구들과 많은 이야기를 나눌 수 있어 집을 나설 때 보면 어린아이처럼 들떠 있다. 네 사람이 모이지 못할 때는 일일이 전화를 걸어 안부를 묻는다. 멤버 중 한 명인 S 씨는 사정이 되는 한 반드시 참가하는 고정 멤버.

며칠 전 함께 필드에 나갔던 S씨가 남편에게,

"미나미 씨와 골프를 치면 시합하지 않아도 재미있어요. 그래서 어떻게든 시간을 내서 참가하게 돼요."

라고 말했다고 한다. 남편은 집에 돌아와 저녁을 먹으며 그런 이야기를 들려주었다. 남편의 얼굴이 무척 행복해 보였다.

남편은 요통이 있는 나를 위해 골프장에 가는 아침이면 쓰레기를 미리 버려주거나, 전날 함께 쇼핑에 나선다. 나 혼자 집에 있어도 불편함이 없도록 배려해주기 위해서다. 의지할 사람은 우리 둘뿐이라면서 골프장에 나가기 전에 내가 해야 할 집안일을 손수 끝마친다.

골프를 할 때도 '상대방을 배려하는' 남편의 마음이 필드에 드러나는 모양이다. 그래서 S씨는 남편과의 골프가 즐겁다고 말했을 것이다. 내면의 부드러움 없이는 아무리 테크닉이 좋아도 타인에게 감동을 주지 못한다.

정년 후, 또는 고령자로 불리는 시기는 젊은 날에 갖지 못했던 삶의 여유를 보여줘야 하는 시간이 아닐까. 나도 앞으로의 인생에서 마음에 여유를 갖고, 누군가에게 감동을 줄 수 있는 아름다운 소리를 내며 살고 싶다.

외출할 때 들고 나갈
가방과 잡동사니들

한창때는 가방을 모으고 했던 사람도 나이가 들면 가벼운 가방이 손에 편하다. 고령자에겐 전철표, 메모지, 작은 지갑이 들어갈 수 있는 가방이면 족하다고 생각한다. 나도 요통이 생긴 후로는 큰 가방은 메지 않게 되었다. 가벼운 배낭 종류를 즐겨 든다. 배낭은 양손이 자유롭다는 장점이 있다. 나 같은 고령자에겐 매우 안전하다. 가방 무게가 양어깨에 분산되기 때문에 몸에 무리도 가지 않는다.

내가 주로 메는 배낭은 비닐제다. 배낭 안에 작은 사이드백이 들어 있는데 배낭과 체인으로 이어져 있다. 여기에 잔돈을 넣어둔다. 체인만 끌어당기면 배낭을 벗지 않고도 꺼낼 수 있다. 비닐제라 방수도 된다. 비를 맞아도 안으로 물이 새지 않는다. 감촉도 부드럽고 무게는 기껏해야 100그램이다.

젊은 사람도 외출 후 중요한 짐을 집에 놓고 왔음을 알게 되는 경우가 있는데, 나이 든 사람은 그때의 충격이 젊은 시절보다 몇 배는 더 크다. 외출용 가방을 하나 정해 여기에 항상 밖에서 필요한 물건들을 넣어둔다.

건강한 사람도 무거운 것을 오랫동안 들고 있으면 몸에 좋지 않다. 자체 무게가 상당한 가방은 되도록 피한다. 부피가 클수록 무거우므로 처음부터 큰 가방은 피하는 게 좋다. 다만 들고 다니는 짐이 많을 때를 대비해 천으로 만든 접이가방 하나를 비상용으로 챙겨둔다.

무거운 짐이 있을 때는 캐리어(바퀴가 있어 끌고 다닐 수 있는 것)를 사용한다. 나는 계단을 이용할 때가 많아서 아직 계획은 없다. 아직은 캐리어 등의 도움 없이도 지낼 자신이 있기 때문이다. 무거운 책을 몇 권씩 들고 다니거나, 선물을 가져갈 때처럼 필요한 상황과 맞닥뜨리게 될지도 모르지만 이미 내 마음속에 결정한 사안이다.

외출 시 꼭 지녀야 할 것들

예전에는 필요를 못 느꼈지만 외출 시에 반드시 갖고 다녀야 할 몇 가지를 알게 되었다.

첫 번째는 연필 달린 수첩이다. 수첩은 일일 스케줄표가 있는 것을 고르는데, 내가 쓰는 수첩은 6.5센티미터 10.5센티미터로 비교적 작은 크기다. 여기에 집주소, 비상 연락용 전화번호를 두서너 개 적어둔다. 하나는 친척, 또 하나는 이웃에 사는 친구의 전화번호로 주로 집에 있는 사람들이다. 이와는 별도로 주소록에 친구, 지인, 친척, 단골 찻집 전화번호를 써둔다.

이 수첩에는 외출 시의 스케줄과 정보를 메모한다. 구입해야 할 제품 리스트도 기록한다. 모든 예정을 이 수첩에 기록하고 수시로 확인하면서 움직인다. 매우 중요한 수첩이기에 집에서 놓아두는 장소를 따로 정해놨다. 외출 시에는 반드시 지참한다.

다음은 지갑이다. 요새 지갑은 은행과 백화점 카드를 보관할 수 있는 공간이 많은데, 그날 사용할 일이 없는 카드는 되도록 집에 놓고 가려고 한다. 집 열쇠를 지갑에 넣고 다니는 사람도 많다. 그런 분들은 지갑에서 집 주소를 추정할 만한 종이 쪽지 등이 들어가지 않도록 주의한다. 분실을 대비해 집 전화번호만 적어놓는다. 만일의 경우 지갑을 도난당했을 때 집까지 위험해질 수 있다.

화장 가방과 휴대전화도 필수품이다. 이에 덧붙여 반창고·안전핀·가벼운 숄이나 스카프(겨울뿐 아니라 여름에도 냉방이 강한 곳에서 도움이 된다.)를 챙긴다. 나는 가을부터 늦봄까지 핸드크림도 잊지 않고 소지한다.

이들 자질구레한 물건들은 지퍼가 달린 작고 가벼운 주머니에 넣고, 다시 화장 가방에 챙긴다. 귀걸이, 목걸이를 처음부터 몸에 장식하지 않고 밖에 나가서 착용할 때도 여기에 담아서 가져간다.

외출할 일이 있을 때마다 물건들을 일일이 챙겨서 들고 나가기는 귀찮다. 아예 한데 모아서 현관 신발장 위의 액자 뒤에 보관 장소를 마련해두거나, 리스트를 꽂아두고 확인하는 습관을 기른다.

손수건, 화장지, 작은 책까지 모두 합쳐서 내가 외출 시에 들고 나가는 가방의 무게는 500그램 안팎이다. 여러분과 한 번 비교해보기 바란다.

지갑을 잃어버려도
당황하지 않으려면

지갑을 화장실에 두고 나온 걸로 착각해 낭패를 본 적이 있다. 어느 날인가 외출했는데 집 근처 역에 전철 시간보다 30분이나 일찍 도착해 역앞에 있는 패스트푸드에 들러 커피를 한 잔 마셨다. 밖으로 나오기 전에 표값을 미리 꺼내 테이블에 올려놓고 코트를 벗은 김에 화장실에 다녀와야겠다고 생각했다. 짐과 코트를 테이블에 놓고 그래도 걱정이 되어 지갑을 들고 화장실로 갔다. 자리에 돌아와 코트 밑에 숨겨두었던 표값을 손에 쥐고 역으로 갔는데 때마침 전철이 들어와 운이 좋다며 얼른 탔다. 전철이 움직이기 시작한 순간 지갑을 화장실 선반에 두고나온 것 같은 기분이 들었다. 평소에 나는 배낭을 들고 다녔기 때문에 황급히 손을 더듬어 지갑을 찾아보았다. 진짜로 화장실에 두고 나왔는지 아무리 뒤져도 없다.

다음 역까지가 그렇게 멀 수가 없었다. 머릿속이 하얘졌다. 역 직원에게 이야기해 밖으로 나오고 서둘러 그 가게에 갔는데 지갑이 없다. 지갑 없이는 돌아다닐 수도 없어서 일단은 집으로 돌아왔다. 배낭을 뒤집어 들어 있던 물건들을 모두 바닥에 쏟자 배낭 밑바닥에서 지갑이 나왔다. 완전히 바보가 되었던 것이다.

문득 지난 한 시간 동안 만일 누군가가 정말로 지갑을 가져갔다면 어떤 문제가 생겼을지 생각해보았다. 우선 지갑에 들어 있는 현금은 내 실수이기도 하고 훔쳐가도 할 말이 없다.

그 다음으로 통장 인출용 은행 카드가 떠올랐다. 다행히 비밀번호는 카드에 적어두지 않았다. 은행에 연락하면 카드 사용이 정지되므로 그리 당황할 문제는 아니다.

백화점 카드. 이것은 사인만 하면 백화점에서 얼마든지 사용할 수 있다. 더구나 카드 뒷면의 내 사인과 대조해보지도 않는다. 나쁜 마음을 먹고 백화점에 직행한다면 수십만 엔어치를 구입할 수 있다. 그밖에도 신용카드가 한 장 들어 있다. 나는 주로 레스토랑 등에서 이 카드를 사용하는데 종업원들이 카드 뒷면의 사인과 실제 사인을 대조해보는 모습을 본 적이 없다. 규약은 안 읽어봤지만 어떤 식으로든 현금화할지도 모른다.

더구나 내 지갑에는 집 열쇠와 더불어 집 주소가 적혀 있는 명함이 있다. 주소와 열쇠를 한꺼번에 도난당했으니 절도에 대한 위험이 발생한다.

지갑을 발견하기 전까지 가슴이 두근거리고 입술이 말라 나 자신에게 "침착해!" 하고 소리쳤다. 다행히 이번에는 나 혼자 당황하는 것으로 끝났지만 이런 일을 또다시 겪게 되더라도 오늘처럼 흥분하는 일이 없도록 미리 준비해야겠다는 생각이 들었다.

❶ 평소에 갖고 다니는 수첩에 신용카드, 백화점 카드를 분실했을 때 신고할 수 있는 연락 번호와 각각의 카드 번호(비밀번호가 아니다.)를 적어두었다.

❷ 여전히 지갑에 열쇠를 넣고 다녔지만 내 주소가 적힌 명함은 뺐다. 대신 카드 크기의 종이에 아래와 같이 적어서 지갑에 넣고 다니기로 했다.

미나미 가즈코
긴급 시에는 아래로 연락해주시기 바랍니다.
000-0000-0000
딸 ○○○ 전화 000-0000-0000
친구 A씨 전화 000-0000-0000
친구 B씨 전화 000-0000-0000

이 사건 덕분에 앞으로 일어나게 될지도 모르는 사태를 미연에 대비할 수 있게 되었다고 생각한다.

백화점 카드와 신용카드를 들고 외출했을 때는 집에 돌아와 항상 보관해두는 장소에 바로 갖다놓는다. 이 습관은 반드시 지켜야 한다. 어디에 뒀는지를 잊어버리고 헤매지 않으려면 미리 습관을 들여야 한다.

그와 더불어 나처럼 분실과 도난에 당황하지 않게끔 연락을 취할 수 있는 방법을 확실히 마련해둬야 한다.

지팡이를 준비할 때

　1985년 2월경이었던가. 여배우인 스기무라 하루코 씨가 '웨스트사이드 왈츠'라는 연극에서 주인공을 맡았다. 그 연극에서 스기무라 씨는 나이 들어가는 주인공의 상황을 극 초반에는 등이 약간 굽어진 모습으로, 중반에는 멋진 지팡이를 손에 든 모습으로 표현했다. 종반에는 끝이 네 개로 갈라진 지팡이를 짚음으로써 주인공이 이제는 멋보다 안전을 더 생각하는 나이가 되었음을 보여주었다. 극의 마지막에 가서는 결국 휠체어 신세가 되었다.

　연극을 인상 깊게 본 터라 해외에 나갈 일이 생기면 근사한 지팡이를 하나 구해야겠다고 마음먹었는데, 실제로 사오지는 못했다.

　요추통증에서 조금씩 벗어나던 64세 봄 무렵, 나는 집 앞 5미터, 10미터를 아픈 허리를 붙들고 걸었다. 그때 지팡이가 필요하다는 생각이 들어 차로 15분 거리에 있는 매장을 찾아갔다.

　지팡이에 대한 지식이 전혀 없었기에 우선은,

❶ 단단하지만 가벼울 것.

❷ 작은 배낭에 넣을 수 있는 접이식 지팡이.

를 골라야겠다고 생각했다. 몸이 건강했을 때 꿈꾸었던 '근사한 지팡이'는 생각나지도 않았다.

4단으로 접을 수 있는 길이 78센티미터(10센티미터까지 더 늘릴 수 있다.), 무게 400그램짜리 접이식 지팡이를 구입했다. 당시엔 색상이 검은색 한 종류밖에 없었다. 여러 종류의 색상이 갖춰졌더라도 알루미늄 막대기가 멋져 보일 수는 없었을 것이다.

그로부터 10년 가까이 지났다. 지팡이에 대한 정보도 다양하고, 전문매장도 늘어났다. 그래도 여전히 지팡이와 보행기에 대한 수요가 적다. 여간해서는 선택하지 않고 있기 때문이다.

막상 다리가 불편해서 지팡이를 사용하게 되었다고 하더라도 한쪽 손은 언제나 지팡이를 들고 있어야 한다. 이 또한 거부감을 일으키는 중요한 요인이다.

역에서 표를 살 때를 생각해보자. 표를 사는 동안 지팡이를 안전하게 세워놓을 만한 장소가 없고, 지팡이 걸이도 없다. 지팡이 손잡이에 끈을 매달아 손목에 끼워야 한다. 그 상태에서 지갑을 꺼내고, 짐을 들고, 표까지 사는 것이다. 이런 모습으로 개찰구를 통과한다는 건 쉬운 일이 아니다. 쇼핑에서도 마찬가지 문제가 발생한다.

국민생활센터는 넘어지는 사고를 방지하기 위해 되도록 지팡이를 사용하라고 권한다. 국민생활센터에서 발행한 팸플릿에도 건강 유지에 도움을 주는 지팡이 사용법이 자세히 실려 있다.

지팡이 선택의 포인트

지팡이 선택의 포인트는,

❶ 사용자 신장에 맞출 것.

❷ 손잡이는 남성들이 흔히 쓰는 둥근 형태보다 T자형이 좋다. 장갑을 끼고 쥐는 경우도 있으므로 손잡이 표면은 까칠한 것을 고른다.

❸ 지팡이 끝의 고무가 단단할수록 좋다. 실제 사용자의 의견을 구해보면 이 고무는 자주 교체할 필요가 있다고 한다. 이왕이면 애프터서비스가 철저한 매장에서 구입하는 것도 한 방법이다.

❹ 손잡이 끈, 이름표, 반사테이프(전부 매장에서 팔고 있다. 내가 본 것은 적색, 황색, 회색으로 2.5센티미터 1미터 크기이며, 한 면에 접착제가 칠해져 있다. 빛을 받으면 반사한다.)는 갖춰놓는 것이 좋다

나도 그랬지만 몸이 건강할 때는 겉모양을 더 중시했다. 그러나 막상 나이가 들고 보니 겉모양보다는 내 몸에 맞는 실용성을 더 따지게 된다. 내 몸을 지켜주고 보완해준다는 신뢰가 가장 절실했다.

지팡이만 해도 소비생활제품안전법의 기준을 통과했는지를 확인하거나, 제조업체가 확실한지, 취급 설명서가 상세한지를 중시하게 된 것이다.

지팡이의 일반적인 분류기준은 접이식, 목재, 알루미늄제 등이 있다. 무게를 생각한다면 알루미늄제가 좋다. 들고 다니기 간편한 제품을 찾는다면 접이식을 권한다.

지팡이가 필요한지를 결정하는 기준

아사히신문에 도쿄의대 부속병원의 물리학요법사인 이소자키 히로시 씨의 기사가 실렸다. 이소자키 씨의 주장에 의하면 지팡이가 필요한지를 결정하는 기준은 사람마다 각기 차이가 있겠지만, 일단 제자리걸음이 가능한 사람은 지팡이가 없어도 된다. 만약 제자리걸음에서 조금이라도 휘청거렸다면 지팡이를 사용하는 편이 좋다는 것이다.

나를 예로 들자면 앉았다가 일어서는 것은 그런대로 괜찮다. 하지만 걸음을 옮기기 시작하면 조금 갸우뚱거린다. 그래도 지팡이를 들지 않았을 때, 조금 더 힘들긴 하지만 걸음이 빨라진다. 기분도 좋고, 몸도 더 펴지는 느낌이다. 즉 현재의 내 상태에서 재활을 생각했을 때 지팡이를 사용하지 않는 편이 좋다고 본다. 무엇보다 지팡이를 짚지 않아도 일정 속도 이상을 낼 수 있고, 등도 곧게 펴진다. 이소자키 씨는 제자리걸음에서 중심을 잃고 휘청거리는 정도가 심한 사람은 끝이 여러 갈래로 나뉜 지팡이나 로프스트랜드 목발(오른쪽 그림)을 이용하라고 권했다.

누군가에게 들은 이야기인데, 끝이 여러 갈래인 지팡이는 집안이나, 병원 내에서는 상관없지만, 외출 시에는 위험하다고 한다. 갈라진 지점들

로프스트랜드 목발

이 동시에 같은 평면에 접지하면 다행인데, 혹시라도 한 쪽 이상이 평면에 닿지 못하게 되면 지팡이가 크게 기울어진다는 것이다. 높낮이차가 많은 외부에서 사용하기에는 무리가 있다.

이에 대한 대안으로 로프스트랜드 목발을 꼽을 수 있다. 로프스트랜드 목발에는 팔꿈치에서부터 고정시켜주는 손잡이 그립이 있다. 팔에 힘이 없는 사람에게 안성맞춤이다. 그립을 쥐고 있는 손을 놓치더라도 지팡이가 앞으로 고꾸라지지 않는 것도 장점이다.

무게도 덮어놓고 가벼운 제품보다는 500~600그램은 나가는 게 안전하다고 이소자키 씨는 말한다. 약간의 저항감이 몸을 긴장시켜 돌발상황에 대처할 수 있다는 것이다.

이밖에도 여러 사람들에게 자문을 구했다. 다들 한결같이 독단으로 구입하지 말라고 충고했다.

재활전문병원이나, 대형병원 정형외과에서도 이 같은 상담이 가능하다. 반드시 전문가와 상의하여 내 몸에 맞는 최적의 지팡이를 고른다. 사용방법과 길이도 전문가와 상의하여 결정한다. 이렇게 지팡이를 구입했다면 약해진 다리와 허리를 두려워하지 말고 적극적으로 외출해본다.

낮의 침대와 밤의 침대를 구분한다

두 딸이 결혼하고 독립하면서 방 두 개가 남게 되었다. 한 방은 남편 서재로 만들면서 인테리어 공사를 시작했다. 침대 대신 책장 등을 들였고, 다른 방은 침대만 남기고 모두 치웠다. 손님방으로 활용하기 위해서였다.

얼마 후 극심한 요통으로 일상 생활이 불가능한 지경이 되었다. 낮에도 어딘가에 누워 있어야만 하는 몸이 되었다.

3주일쯤 침대에 누워만 있었더니 이불도 널고 싶고, 24시간 같은 방에서 지내는 것도 지겨워졌다. 그래서 딸이 떠난 손님방에 동남향으로 침대를 옮기고 낮에는 이곳에서 지냈다. 저녁 식사 후에는 다시 내 침실로 올라왔다. 반나절에 침대 두 개를 교대로 사용한 것이다.

그러자 놀랄 만큼 기분이 달라졌다. 번갈아 침대를 사용하니 이불이나 시트에서 습기와 냄새도 사라졌다.

그동안 낮이나 밤이나 같은 이부자리에 누워 지낸 터라 습기가 차기 시작했다. 화창한 날에는 식사 시간을 이용해 이불을 말렸고, 침대 패드를 한 장 더 준비해서 바꿔봤지만 건강할 때 밤에만 지내던 것과 비교하면 불편한 게 한두 가지가 아니다. 특히 한낮에 침대 신세를 진다는 것이 아무래도 기운이 빠진다.

여분의 침대 하나가 주는 변화

상대적으로 넓지 않은 집에 사는 분들에겐 호사스런 불평처럼 들릴지도 모르겠다. 그러나 환갑을 넘긴 세대라면 성장한 자녀가 결혼해서 집을 떠나거나, 지방에 부임하는 등 빈방이 하나쯤은 있을 것이다.

아이들 빈 자리가 쓸쓸하기도 하고, 예전과 달리 살림 정리도 귀찮아서 창고처럼 안 쓰는 물건을 쌓아두고 있었다면 이번 기회에 말끔히 정리하고 여분의 침대를 하나 준비해서 낮에 휴식하는 공간으로 만들어보면 어떨까. 텔레비전이나 오디오를 들여도 좋다. 본인 취향에 맞게 방을 꾸미고 문병차 방문한 친구들을 맞아들이는 것이다.

병의 종류에 따라 다르겠지만 심한 병이 아니라면 빈 방을 병실로 만들 필요는 없다. 대신 식당 옆에 침대 겸용 소파를 두고 이곳에서 낮잠을 즐기거나, 식사 때 가족 곁에 머무는 장소로 활용해보는 방법도 있다.

이렇게 변화를 줌으로써 아침마다 잠옷을 벗고 원피스 등의 생활복으로 갈아입는 계기가 마련된다. 남성이라면 매일 아침 면도를 하고, 여성이라면 간단하게 화장을 해야 하는 이유가 만들어진다. 가족과 함께 식탁에 앉지는 못하더라도 가족들 곁에서 식사를 할 수 있다면 대화도 늘어나고 방에서 혼자 밥을 먹을 때보다 식욕도 좋아진다.

집에 방 하나가 여유 있다면 침대를 하나 들이자. 명분은 친구와 친척들이 이용할 손님방이다. 그러나 실제로는 낮에 이곳에서 지내며 집 안에서의 단조로운 생활에 변화를 주는 기회로 삼는다.

침구에 대하여

거실 등에 침대를 놓고 낮에 지낼 때는 이불 선택에 신중해야 한다. 기분 전환과 더불어 가족들 눈에도 보기 좋은 제품을 고른다. 이런 기회를 틈타 오래된 이불 정리에 나서보는 건 어떨까.

어머니가 건강하셨을 때는 여름마다 낡은 이불을 수선 가게에 맡겨 헌 솜을 정리하고, 당신이 직접 이불 가장자리에 푹신한 비단을 꿰매 마치 새것처럼 만들곤 하셨다. 그런 기억 때문인지 여간해서는 오래된 이불을 버리지 못하고 있다.

요즘은 오리털 이불도 대중화되었고, 커버 없이 사용하는 제품도 있다. 재질에 상관없이 세탁기로 세탁이 가능하다. 얼마 전에 구입한 이불은 새의 날개털로 속을 채웠음에도 세탁기에 넣고 빨 수 있을 만큼 가벼웠다.

결혼 후 시부모님을 모시고 사는 30대의 지인이 있다. 그녀는 새 이

불을 써보고 괜찮은 것이 있으면 부모님도 쓰시도록 바꿔드렸는데, 얼마 안 가 집안에 있던 침구를 모두 갈게 되었다고 한다. 시부모님도 지금은 가벼운 이불이 편하고, 반침도 깨끗이 정리할 수 있어 만족해 한다는 것이다

나에게 맞는 매트리스를 찾는다

일부러 기회를 만들어 옛날에 쓰던 정든 이불을 정리하고 현재의 나에게 맞는 침구를 새롭게 바꿔보는 지혜가 필요하다고 생각된다.

10년 전에 허리를 다쳐 거의 누워 지내는 상태가 되었을 때 그 동안 침대에 깔았던 매트가 불편하게 느껴졌다. 굉장히 푹신한 매트였는데 이런 푹신함이 요통의 원인이 되지는 않았을까 의심되기도 했다.

그래서 매트 위에 어깨 높이부터 허벅지 중간까지 베니어판을 깔고, 그 위에 손님용 이불로 썼던 솜과 이불보 두 장을 깔았다. 그리고 더블 사이즈의 커다란 모포로 베니어판 좌우 끝까지 모두 감쌌다. 요통으로 앓아누운 10년 간 이 침대를 사용했다.

얼마 전에 알게 된 전문가의 말을 들어보니 침대에 까는 매트 종류도 요즘은 아주 다양하다고 한다. 개호용품 매장에 가보면 에어매트리스, 워터매트리스, 얇은 우레탄매트리스, 겔로 불리는 통풍이 뛰어나고 탄력성도 갖춘 제품까지 판다는 것이다. 침구점에 들러 문의하면 양모와 목화솜 같은 소재를 어느 정도의 두께로 누벼야 되는지 알려준다.

계속 누워 지내거나, 몸을 뒤척이는 것도 힘든 환자와 지금의 나처

럼 요통은 있지만 일상생활에 별다른 지장이 없는 사람의 침구 선택에
는 차이가 있다.

　가족 모두 침대를 사용하는 집일수록 손님용과 여름·겨울용 침구
를 반침에 모두 보관하는 경우가 많다. 만일 손님방에까지 침대를 들였
다면 침대 밑에 이불을 정리해서 보관하고, 반침은 여분으로 비워두는
것이 좋다.

　이불만이 아니라 베개도 다양해졌다. 규모가 큰 침구 점포에는 누
운 상태에서 머리 높이를 측정해주고, 경추에 부담이 가지 않는 높이와
모양의 베개를 골라주는 직원들이 상주하고 있다.

　입원할 정도로 건강이 나빠지지 않았더라도 시간이 흐를수록 누워
지내야 하는 시간이 길어진다는 것을 명심하고, 몸이 건강할 때 발품을
팔아 내일을 대비하는 행동력이 필요하다.

　더 늦기 전에 지친 몸이 느긋하게 쉴 수 있는 환경을 갖춰놓는 것이
중요하다.

집안의 높낮이 차이와 개조

넘어졌다든가, 내장 질환으로 오랫동안 누워 지낸 환자가 간신히 자리에 앉을 수 있을 만큼 회복되었을 때 집안에 난간을 만들거나 높낮이 차이를 완화시키기 위한 경사면을 만든다면 본인의 노력과 더불어 재활에 많은 도움을 준다. 또 현관과 거실의 높낮이 차이로 몸이 힘들어지는 등 이전과 다르게 집안에서 편히 움직이지 못하고 불편해 한다면 그 즉시 누군가와 상의해야 한다.

몸이 약해졌다는 이유로 행동 반경을 줄이고 집안에만 갇혀 지내면 육신은 더욱 약해지고, 좋지 않은 상태에 처할 위험이 커진다.

우선은 지역 내 복지관련기관에 전화를 걸어보자. 나는 현재 도쿄 세다가야구(區)에 살고 있다. 세다가야복지센터에는 복지용품과 주택 개조 상담실이 운영 중이다. 이곳에서 주택 개량 상담을 해준다. 그곳에는 욕실, 화장실, 현관 등의 개조 모형과 관련 용품이 항시 전시되고 있으며, 주민이 직접 체험해보는 것도 가능하다.

개호보험

개호보험(개호보험은 스스로 일상 생활을 유지할 수 없는 사람을 위해 실시하고 있는 일본의 간병보험이다. 역자주) 대상자로 선정되면 구청에서 요양보호사를 파견하고, 개호상담이 시작된다. 공적 지원도 설명해주고, 고령자를 대상으로 한 주택개조 전문업체도 소개해준다. 지역별로는 자원봉사그룹도 소개해준다.

독단으로 집을 손대기보다는 전문가에게 집안환경을 보여주고, 개호를 필요로 하는 당사자와의 상담도 빼놓지 않는다. 그 후에 예산을 수립하고, 공적 지원을 고려해서 공사를 시작해야만 나중에 추가 비용 및 추가 설치로 고생하지 않게 된다.

기회가 될 때마다 여러 사람들의 충고를 구하는 적극적인 자세가 중요하다. 그러는 사이에 미처 생각지 못했던 좋은 방법을 찾게 되기도 한다. 다음으로 구체적인 개조 요점을 살펴보기로 하겠다.

난간

설치하고 싶다고 생각하면서도 당장 필요치 않으면 여간해서는 손대지 못하는 게 난간이다. 아직은 몸이 건강하더라도 우연한 기회에 발밑

이 휘청거리는 등 중심을 못잡고 헤맨 경험이 있다면 미리 마련해둔다.

난간은 때론 생명줄이 될 수도 있다. 믿을 수 있는 전문업체를 지정해 공사를 맡긴다. 노인은 악력이 약해서 난간 굵기와 형태·위치를 잘 선택해야 한다. 공사 전에 업체와 충분히 의논하고, 당사자의 의견 수렴과 납득을 전제로 계획하는 것이 좋다.

슬로프

높낮이 차이가 2, 3센티미터에 불과하더라도 고령자에겐 발이 걸려 넘어지는 원인이 된다. 특히 가족 중 휠체어 사용자가 있다면 더욱 심각하다. 시중에는 문지방 등의 집안 내 높낮이를 보완해주는 슬로프 재료들이 다양하게 판매되고 있다.

취미삼아 휴일에 집에서 목공일을 하는 데 필요한 용품을 파는 DIY 점포에서 직접 설치할 수 있는 제품도 팔고 있다. 높낮이 차이와 폭을 정확히 측정한 후에 제품을 고른다면 한 군데에 3, 4천 엔으로도 충분하다. 바닥이 평평하다는 조건하에 접착이 어렵지 않으므로 손재주가 있는 사람이라면 별다른 교육 없이도 시공할 수 있다. 자신이 없다면 자칫 위험해질 수 있으므로 전문업체에 맡기도록 한다.

현관에 신발을 벗고 마루로 올라서는 것마저도 나이가 들면 그 높이가 부담스럽게 느껴질 때가 있다. 이를 사전에 대비하고자 현관에 자그마한 간의 의자를 준비해뒀다가 여기에 앉아서 신발을 벗고 집안에 들어서는 방법이 있다. 또 양말 실밥이 걸리지 않게끔 겉면을 매끄럽게 다듬은 발판을 부착해서 휠체어를 타고도 오르내릴 수 있도록 개조하는 방법도 있다. 이런 데 관심이 있다면 먼저 지역 내 복지 관련 전시장 등을 방문해 눈으로 직접 보고 전문가와 상의한다. 개호제품 메이커가 꾸준히 증가하고 있는 추세다. 개호보험 대상자라면 임대 및 보조금 지급을 기대할 수도 있으므로 카탈로그를 항상 참조하는 습관을 기른다.

계단

나이가 들수록 계단이 있는 집을 피하라고 말한다. 꼭 그래야 되는 것일까. 지금 내가 사는 집은 2층이 부부 침실이다. 게다가 계단 높낮이가 매우 심하다. 이 집에서 30년을 살았고, 계단 덕분에 무릎이 튼튼해졌다는 생각도 든다.

몇 년 전까지만 해도 여름 한 달간 피서를 겸해 캐나다의 아파트에서 지냈는데, 거기는 계단이 없었다. 한 달 동안 시내나 공원을 매일 같이 걸어다녔음에도 여름이 끝나고 집에 돌아와서 계단을 오르려고 하면 어찌나 힘들던지…. 그래도 참고 매일 계단을 오르내리다보면 2, 3주 만에 예전으로 돌아가곤 했다.

우리 부부는 2층에 물건을 두고 내려오는 등의 이유로 하루에 최소한 스무 번 이상 계단을 오르내린다. 몸은 귀찮으면서도 입으로는 "건강을 위해 일부러 두고 내려왔어."하고 억지를 부린다. 계단을 오르지 못하는 몸이 된다면 그때 가서 다른 방법을 강구해봐야겠지만 아직까지는 몸이 버텨주고 있다. 그때까지는 최대한 열심히 계단을 이용할 생각이다.

미끄럼 방지 시트

노인의 집안 내 사고 중 상당수가 바닥에 깐 매트 등에 미끄러지는 전도사고라고 한다.

이를 예방해주는 미끄럼 방지 시트가 있다. 나는 근처의 대형 목공용품점에서 구입했다. 면이 거친 그물코 시트에 고무 모양의 플라스틱을 코팅한 제품으로 폭 80센티미터를 10센티미터 단위로 잘라 팔았다.

매트와 같은 크기로 재단해 바닥과 매트 사이에 깔기만 하면 미끄럽지도 않고 발에 치여 움직이지도 않는다.

노인 스스로 집안에서의 원활한 움직임을 위해 노력하는 것도 중요하지만 한집에 사는 가족들이 평소 노인의 행동을 관찰하고 고려해서 거실이나 복도에 움직임을 방해할 만한 요소들을 제거하는 것 또한 중요하다. 자칫 미끄러져 넘어지면 크게 다칠 것 같은 곳에는 잘 미끄러지지 않는 의자를 놓고 난간 대신 사용하게 하거나 잠시 휴식할 수 있도록 배려하는 연구가 필요하다는 뜻이다.

무엇보다 선결되어야 할 점은 노인 스스로 자신의 건강한 생활을 위해 필요한 것을 갖춰놓는 적극적인 자세다.

나를 예로 들자면 조금 높은 곳에 보관한 물건을 꺼낼 때 까치발로 손을 쭉 뻗어 집는다. 발판과 의자에 올라갔다가 떨어지면 큰일이기 때문이다. 이렇게 일일이 꺼내는 게 불편해서 지금은 물건도 많이 줄였고 높은 곳에는 아예 물건을 올려놓지 않는 습관을 기르는 기회가 되었다.

화장실이라는 공간에 대하여

우리집에서 도보로 30분 정도 걸리는 지하철역 근처의 찻집에서 겪었던 일이다. 이 찻집에는 지금껏 가본 적이 없었는데 통유리로 되어 있어 내부가 훤히 들여다보이는 것이 마음에 들었다.

그곳 화장실은 문이 미닫이이며, 화장실 바닥의 높낮이 차이가 거의 없었다. 휠체어도 충분히 들어갈 만큼 공간이 넓었고, 서양식 변기 양쪽으로 난간까지 달려 있었다.

남녀공용이었지만 사용에 불편은 없었다. 남녀로 구별된 화장실을 합친 것보다 넓은 공간이이서 오히려 사용하기에는 기분이 상쾌했다. 이곳저곳 자세히 살펴보니 세면대도 낮다. 휠체어에 앉아서도 수도꼭지가 손에 충분히 닿는 거리였다. 수도꼭지 손잡이도 일반 화장실보다 커서 돌리기 쉬웠다.

장애인뿐만 아니라 갓난아기나 어린아이를 데리고 온 부모들도 이 정도 공간이라면 화장실을 사용하는 데 불편이 없고 필요한 준비를 여유롭게 갖출 수 있을 것 같았다.

땅값이 비싼 도쿄에서는 화장실이라는 공간을 조금이라도 줄여서 그만큼 가게를 넓히려는 생각들을 갖고 있다. 일반적인 화장실 넓이의 두 배를 만든다고 해도 한 사람 몫의 공간은 그리 넓어지지 않는다. 그럴 바에야 남녀 화장실을 구별하지 말고 역 근처에 아이를 데려온 엄마들, 장애인, 고령자도 여유 있게 볼일을 볼 수 있는 화장실을 만드는 게 낫다고 본다.

주택에서도 거실을 조금이라도 넓혀보려고 이리저리 애를 쓰는 경우는 많아도 화장실에 관해서는 신경을 덜 쓴다. 하지만 가정에서도 화장실 공간이 조금만 더 주어진다면 생활이 훨씬 편리해진다.

넓은 화장실을 만든다

집을 건축하고 설계할 때 처음부터 평수를 여유롭게 계획한다면 훗날 난간 등이 필요한 상황이 되었을 때 별다른 어려움 없이 공사가 가능하다.

원래 우리집 2층에는 화장실이 없었다. 그런데 시간이 흐를수록 여러 모로 불편해져서 집을 건축하고 15년 만에 2층의 창고방을 개조해 화장실을 만들었다. 조립식 세면대도 설치했다. 기존 화장실보다 넓이가 최소 3배는 된다. 공사를 끝내놓고 보니 왜 좀 더 빨리 화장실을 만들지 못했을까, 하고 후회될 정도로 만족스러웠다.

2층 화장실을 사용하면서부터 기존의 1층 화장실은 좁은 면적 때문인지 여간해서는 사용하지 않게 되었다. 1층에 있을 때도 볼일을 보기 위해 일부러 2층으로 올라간다. 현관 옆의 1층 화장실은 복도에 그림을 장식하고, 타월에 신경을 써서 꾸며놓아도 좁다는 이유 때문에 자꾸만 기피하게 된다.

2층에 화장실을 만들고 1년쯤 지났을 무렵 심한 요통에 시달리게 되었다. 몸이 이렇다보니 넓은 화장실이 침실 바로 옆에 있다는 것이 무척이나 다행스러웠다. 그마저도 허리가 아파서 짧은 거리를 내 마음대로 이동하지 못했다. 목재 등받이 의자를 침실에서 화장실 양변기까지 몇 개를 줄지어 세워놓고 의자에서 의자로 몸을 옮기며 어렵사리 일을 봐야 했다.

나이가 들면서 몸이 어떤 상태로 변하게 될지는 누구도 장담하지 못한다. 변화를 예측하고 미리 대응하는 것은 불가능하지만 그래도 화장실 사용만큼은 몸이 허락하는 한 끝까지 자기 힘으로 해내고 싶다는 것이 모두의 마음이다. 그러기 위해서는 지금부터 준비해둬야 한다.

50세 무렵부터는 집을 개축하거나 개량할 기회가 있을 때, 가령 그 시점에서 몸에 아무런 문제가 없더라도 화장실 공간만큼은 넓혀두라고 권하고 싶다.

'배설'이라는 것

　64세 봄에 요통으로 계속 누워 지내야 하는 처지가 되었을 때 환자에게는 식사와 세면도 중요하지만 무엇보다 중요한 것은 혼자 힘으로 화장실에 갈 수 있느냐 여부임을 절실히 깨달았다.

　나를 예로 들자면 침대에서 자다가 일어났을 때 몸을 옆으로 돌려 자리에서 일어나는 데만 30분 이상 소요되었다. 볼일을 마치고 다시 침대에 누울 때도 허리가 아파서 똑바로 눕지 못하고 몸을 옆으로 누여야 했는데, 이때도 적지 않은 시간이 걸렸다.

　다행히도 요실금은 없었지만, 만약 그랬다면 화장실 가기는 공포로 돌변한다. 통증을 견디며 누워 있을 때 침대용 변기를 사용할까, 아니면 기저귀를 사용할까 심각하게 고민했었다.

　그 후 10년이 지나고 다행히 지금은 혼자서도 아무 문제없이 화장실을 사용하고 있다. 하지만 실수로 넘어지기라도 해서 또다시 누워 지

내는 처지가 된다면 배설이라는 기본 생활에 누군가의 도움이 필요하
게 될 것이다.

기저귀와 기저귀커버

그래서 이 책의 구상 단계에서부터 이이다하시 인근의 '도쿄도 복
지기기종합센터'(현재는 없어지고 각 지역에 소규모 센터가 문을 열었
다.)에 들러 배설에 관련된 다양한 도구들, 휴대용 화장실, 좌변기가 달
린 침대 및 가지각색의 양변기를 알아보았다. 지금 당장 필요한 것은
아니어서 적당해 보이는 제품을 구매할 의사 없이 이것저것 둘러볼 때
였다. 곁에서 제품을 설명해주던 상담원이, "어느 날 갑자기 일어나지
못하게 된다면 허리에 비닐 시트를 깔고 흡수량이 많은 기저귀를 사용
하시면 됩니다. 요새 나오는 종이 기저귀는 테두리가 달려 있고 흡수량
도 많거든요." 하고 가르쳐주었다.
　굳이 비닐 시트가 아니더라도 요즘에는 개호용품 전문점이나 백화
점 등에서도 방수 기능은 기본이고 땀에 찌들지 않는 통기성 좋은 천시
트가 다양하게 판매되고 있다.
　방수천은 피부에 닿는 면이 솜이거나, 모직물, 또는 타월형이다. 통
기성이 좋고 세탁기로 빨아서 햇볕에 말릴 수도 있으며, 건조기에 돌려
도 변형되지 않는다. 특히 타월형은 일반 타월처럼 습기를 잘 빨아들이
고 촉감도 괜찮다. 사용 시간이 조금 길어져도 불쾌감이 적다.
　밤에 자는 동안 새는 것을 방지하려고 허리 밑에 비닐 천을 깔아두

는 고령자나 환자가 많다고 들었다. 요즘은 방수천으로 만든 이불 시트를 쉽게 구할 수 있다. 필요하다고 생각되는 사람은 개호용품 전문점에 들러 직접 만져보기를 권한다.

다음으로 특별히 주의해야 될 것이 기저귀커버다.

그 무렵 덴마크에 사는 친구가 3년 만에 다시금 도쿄를 찾았다. 케스틴이라는 50대 여성이다. 그녀는 간호사 자격을 소지하고 있으며, 처음 만났을 때 알츠하이머를 전문으로 다루는 코펜하겐 인근의 노인병원에서 근무하고 있었다.

그녀와 함께 앞서 말했던 개호용품 전문점에 들렀다. 견본으로 전시된 30종류의 기저귀커버를 살펴보기 위해서였다.

"이렇게 두꺼운 건 이제 덴마크에선 쓰지 않아요. 이건 안 돼요. 이것도 못 써요."

그렇게 고르다보니 딱 한 종류만이 그녀가 일하는 노인병원에서도 사용하는 제품이었다. 여성용 타이츠의 다리 부분만 잘라낸 것처럼 생긴 팬츠형이었다. 천은 스타킹과 비슷해서 얇고 신축성이 매우 좋았다. 대신 스타킹보다는 방직이 까칠했다.

"이걸 입으면 조금 새는 것쯤은 걱정 안 해도 되고, 외출할 때도 겉으로 표시가 나지 않아요."

라고 캐스틴은 덧붙여 설명했다.

최근 들어 종이기저귀가 많이 발전했다. 종류도 그만큼 풍부해졌다. 소형이지만 흡수력이 좋고 냄새가 나지 않는 패드 형태도 있다. 예전처럼 두터운 커버가 필요하지는 않다.

그녀는 병원에서의 체험을 바탕으로 기저귀패드를 정확한 위치에 고정시키기만 한다면 타이츠형의 얇은 커버로도 기저귀가 움직이는 것을 막을 수 있다고 가르쳐주었다.

허리 부근에 접착 테이프가 있는 기저귀커버를 겸한 두꺼운 종이 기저귀는 부피가 크다. 이 때문에 덴마크에서는 폐기하는 데 어려움이 있다며 점차 사용을 멀리하고 있다는 것이다.

여기저기 살펴보니 덴마크에서도 주류로 판매되고 있다는 얇은 기저귀커버(스웨덴제)와 이 커버 사이즈에 맞는 다양한 기저귀패드가 진열되어 있었다. 남성용, 여성용, 중간 사이즈의 요실금용, 중증환자용, 주간용, 야간용 등 견본이 다양했다. 팬츠형 커버와 패드도 가격대가 비싸지 않았다.

참고로 얇은 팬츠형 기저귀커버는 사이즈가 S, M, L인데, S사이즈는 아무리 늘려도 내겐 터무니없이 작았다. 반대로 L사이즈는 나보다 훨씬 큰 사람도 쉽게 착용 가능했다.

최근 들어 스웨덴제 기저귀 패드와 커버를 수입 판매하기 시작한 '유니참 멘리케 주식회사'에 문의하자 카탈로그와 가격표를 보내주었다. 스웨덴제 상표인 테나(TENA)의 견본도 직접 살펴봤다. 중증에서 경증까지 사용하는 사람의 몸 상태와 소변량에 맞춰 기저귀를 교체하지 않고도 비교적 쾌적하게 밤을 보낼 수 있다. 샐 염려가 없다는 것은 기본이고 속옷처럼 입고 다녀도 되는 제품(외출이 가능한 디자인에 재질이 면이라 신축성도 좋은 편이고, 전면 통기성의 방수 소재를 사용한 제품)까지 출시하고 있었다.

나는 그중 하나인 테나코튼스페셜이라는 기저귀커버를 실제 착용하고 반나절 정도 활동해보았다. 솜 71퍼센트, 폴리에스테르 25퍼센트, 엘라스틴 4퍼센트의 부드러운 니트였다. 패드는 써보지 않았지만 사용한다면 착용감이 부드럽고 편안할 것 같았다. 여름철에도 면이 한데 뭉쳐 땀띠를 유발할 것 같지 않았다.

기저귀 가는 요령

이이다하시의 센터에서 케스틴에게 기저귀 가는 요령을 배웠다. 직접 할 수 있는 사람은 문제가 없겠지만 치매 등이 시작되면 환자가 기저귀를 싫어하는 경우도 있다고 한다. 이럴 때는 두 사람이 협력해서 기저귀를 갈아줘야한다고 한다.

먼저 한 명이 환자에게 말을 걸면서 윗옷 매무새 등을 고쳐주며 몸을 일으키면 나머지 한 명이 뒤쪽에서 재빨리 바지를 내려 기저귀를 간다는 것이다. 일어선 상태에서 기저귀를 갈아야 패드를 바른 위치에 놓을 수 있기 때문이라고 한다.

나이가 들수록 화장실에서 혼자 속옷을 내리거나 하는 것 등이 어려워진다. 그런 불편을 해소해주는 방법은 없을까.

개호용품 매장에는 가랑이 부분을 특수하게 제작한 팬츠와 잠옷 바지가 판매되고 있다. 웅크리기만 하면 자동으로 아랫단이 넓게 벌려져 용변을 볼 수 있고, 일어서면 천이 다시 이중으로 가려진다. 이런 제품은 서 있거나, 의자에 앉을 때는 다른 사람들 눈에 구조가 보이지 않는다.

이밖에도 집에서 스스로 할 수 있는 방법으로 잠옷 바지의 고무줄을 느슨하게 고치거나, 평상시 입고 다니는 바지의 앞단추를 떼고 매직테이프로 갈아 붙이는 것이다. 요즘에는 매직테이프 뒤에 접착제가 붙어 있어 종이를 떼고 누르기만 하면 원하는 곳에 부착시킬 수 있는 제품과 다리미질로 접착점을 고정시키는 제품 등 편리한 것들이 많다. 어떤 제품이든 원하는 길이만큼 가위로 잘라 쓸 수 있고 작업도 손쉬운 편이다.

일상 생활을 유지하는 데 불편함은 없지만 그래도 기저귀를 필요로 하는 고령자, 환자들이 꽤 있다. 그런 수요에 대처하는 의복과 잠옷의 개량에 관해서는 『고령자·장애자의 생활을 유지시켜주는 복지기기』라는 책을 참조하기 바란다. 굳이 지퍼를 사용하고 싶다면 지퍼 고리에 링을 부착하는 방법도 있다.

그 외의 아이디어로 언젠가 텔레비전 프로그램에서 본 것인데 폭 3,

화장실 이용 시 도움이 되는 장치

4센티미터의 천을 두서너 장 준비하고 띠 모양으로 꿰맨다. 그것을 10~20센티미터 길이로 다시 몇 갈래 잘라 양쪽 끝을 잠옷바지 뒤와 옆주머니에 꿰맨다.(왼쪽 그림) 양쪽에 달고 한꺼번에 쥐면 더 단단하다. 이런 장치는 혼자 화장실을 이용할 때보다는 곁에서 시중들어주는 사람이 환자

몸을 받쳐주기 쉽도록 하는 것이 목적이다.

이와 비슷하게 간병인의 겉옷에 손잡이 천을 붙이는 방법도 있다. 이때는 상의 옆구리나 등허리에 손잡이 천을 부착한다. 양쪽에 두 개를 손이 들어가게끔 3, 4센티미터 너비로 꿰매면 붙잡기가 수월하다.

아직 시도해보지 않았지만 이런 것이라면 바느질에 자신이 없는 사람들도 쉽게 따라할 수 있을 거라고 생각한다. 바지를 내려주거나 입히거나, 몸을 일으켜야 할 때 환자와 간병인이 모두 무리하지 않고 서로를 지탱시켜줄 수 있는 방법인 것 같다.

옷에 손잡이를 부착해두면 환자가 힘이 약하더라도 간병인을 붙잡고 어느 정도는 자기 몸을 유지할 수 있어 심적으로 큰 안정이 되리라고 본다.

화장실 양변기만 해도 내가 요통으로 고생했던 10년 전에는 상상도 못했던 다양한 제품들이 시중에 판매되고 있다.

휴대용 변기도 의자처럼 생긴 제품이 많다. 문병객을 맞아도 곤란하지 않다. 의자 뒤쪽 다리에 바퀴가 달려 있어 짧은 거리를 이동하는 데 불편이 없다. 또 변기에 앉거나 일어설 때 손으로 짚을 수 있는 난간도 있다. 지금 시점에서는 전혀 필요가 없더라도 꼭 한 번 개호매장에 들러보기를 권한다. 필요해지기 전에 한 번이라도 견학해두면 만일의 경우 큰 도움이 된다.

배설은 인간의 존엄을 지켜주는 기본적인 문제다. 지금부터 준비를 서두르도록 한다.

나이 든 후의 주거

　　'유택(최후의 거처)' 이라는 말을 한 번쯤 들어본 적이 있을 것이다. 나이 들어 죽음에 이르는 인생의 마지막 순간에 우리는 어떤 집에서 살고, 어떻게 생활해야 되는 것일까.

　　자녀의 수발을 받으며 살고 싶다는 사람도 있고, 독신이더라도 손수 가꾼 정원이 딸린 단독주택에 살고 싶다는 사람도 있고, 나이가 들수록 맨션 같은 공동주택이 편하다는 사람도 있고, 요양 전문 노인홈에서 살고 싶다는 사람도 있다. 선택은 다양하다.

　　남편의 직업 관계로 가족 네 명이 1970년부터 3년 간 캐나다에서 지냈다. 우리 부부는 그곳을 무척 좋아해서 딸들이 사회인이 된 후에는 전에 살던 밴쿠버의 아파트를 구입해서 1년에 몇 번씩 찾아가곤 했다. 그곳에 사는 우리와 비슷한 연배의 친구들을 보면 자녀가 어렸을 때는 정원이 딸린 단독주택에서 살고, 중년 이후에 맨션으로 옮기고, 더 나이가 들면 전문 요양기관으로 주거를 옮기는 것이 일반적이었다.

이와 반대로 우리는 나이가 들수록 정원이 딸린 넓은 단독주택을 선호하는데, 정원 관리와 집앞 도로 청소는 나이 든 노인에겐 쉽지 않은 일과다. 외출할 때마다 이곳저곳 문단속을 하는 것도 정신적으로 부담스럽다. 그에 비하면 맨션은 열쇠로 현관문만 잠그면 끝이다. 또 난방 시에 열효율이 좋다. 이것은 고령자의 신체에 적지 않은 영향을 미친다. 단독주택은 외부와 연결되어 있어 기온차가 심한 편이다. 나이 든 사람에게 좋을 리가 없다.

캐나다 친구 중에는 칠십대 후반에 남편을 잃고도 넓은 단독주택에서 혼자 조용히 사는 사람도 꽤 있다. 정원을 혼자 힘으로 가꾸고, 횟수는 줄었지만 남편이 살아 있을 때처럼 종종 파티도 연다.

집에서 역으로 가는 길에 혼자 사는 칠십대 후반의 여성이 한 분 계시다. 늘 멋을 부리고, 친구들과 어울려 즐겁게 외출하는 모습을 보곤 한다. 이런 사람들은 '조금 더 편하게'가 아니라 '남들에게 보이는 모습'이 더 중요하다. 그 정신력에 홀로 감탄할 때가 많다.

노인홈 또는 노인 전용 맨션

나는 예순넷에 허리를 다쳤다. 3개월 가까이는 누웠다가 일어나는 것도 쉽지 않았다. 그 무렵부터 남편과 나의 새로운 주거 형태에 대해 고민하기 시작했다.

당시 살던 집을 팔고 요양사가 상주하는 노인 전용 맨션, 또는 노인홈에 입주하는 것을 진지하게 생각했었다. 한때는 노인홈에 입주할 작정으로 발품까지 팔았다.

요양사가 상주하는 노인 전용 맨션은 우리 가족에겐 특별한 추억이 있다. 30년을 거슬러 올라가 우리 부모님이 일흔에 가까워졌을 무렵이다. 어느 날 갑자기 아타미 외각의 바다가 내려다보이는 노인 전용 맨션에 입주하셨다.

처음 10년은 부모님이 건강하셨다. 두 분이 기차를 타고 도쿄에 오셨고, 그곳의 서비스나 식사 등에도 대체로 만족하셨다. 그런데 나이가 더 드시면서 오로지 식구들의 방문만이 두 분의 유일한 낙이 되었고, 우리는 기차를 타고 3시간, 자동차를 이용해서는 정체 등으로 가는 데만 5시간이 걸리는 장거리 이동에 부담을 느끼게 되었다. 우리 가족뿐 아니라 여동생네도 부담스러워하는 눈치였다. 게다가 친척과 친구분 중에는 나이 드신 분들이 많아 부모님이 지내는 맨션에 찾아간다는 것이 쉽지 않았다. 두 분이 적적해 하시는 모습을 볼 때마다 우리 마음도 편치가 않았다.

그래서 우리 부부가 부모님 같은 입장이 되었을 때 무조건 딸들과 손자들이 부담 없이 찾아올 수 있는 거리 내에서 지낼 곳을 찾기로 결심했다. 그리고 우연히 집 근처에 꽤 좋은 시설의 유료 노인홈이 있다는 것을 알게 되었다. 걸어서 20분 거리였고, 개호 설비도 세밀했다. 경영 방침도 믿음이 갔다.

우리 부부는 진지하게 노인홈 입주를 검토했다. 나이가 들어서도 아이들에게 짐이 되는 것은 싫었고, 그런 우리 부부에게 이만한 거처라면 더없이 훌륭하다는 생각이 들었다. 노인홈에서 식사가 제공된다는 것과 공동 생활이라는 것에 약간의 저항이 있었고, 부부 단위로 40평방미터(12평) 크기의 공간도 조금은 부족하다는 생각이 들었다. 그러나 지금 살고 있는 집을 팔아 근처에 작은 맨션을 구입해서 한 번씩 머물고, 또 이곳에 친구들과 아이들을 초대해 며칠씩 함께 지낸다면 노인홈이라는 제한된 공간에서도 충분히 생활해나갈 수 있지 않을까, 라고 생각했다.

결론부터 말하자면 고민의 고민을 거듭한 끝에 입주를 포기했다. 입주자의 평균연령이 지나치게 높은 듯싶었고, 우리 부부가 원하는 활기찬 생활과 분위기와는 동떨어져 있다는 인상 때문이었다.

가령 근처에 새로이 맨션을 구하더라도 방이나 기타 공간이 비좁아서 하루 종일 서로 얼굴을 맞대고 지내야 한다. 남편은 지금 같은 생활에 익숙해져 그런 변화를 받아들일 자신이 없다고 고백했다. 두 사람 모두 적극적으로 이주를 원하지는 않았던 것이다. 그런 마당에 굳이 무리해서 옮겨야 될 이유가 없었다.

하지만 이때를 계기로 우리 부부는 다음 주거지에 대한 고민을 머릿속 한 편에 새겨두게 되었다. 엘리베이터가 설치된 작은 단지의 맨션으로 옮기거나, 좀 더 지금처럼 생활하다가 곧바로 요양시설이 갖춰진 유료 노인홈에 입주하는 방법 등을 남편과 매일 상의하고, 친구들과 만날 때마다 상의하고 있다.

예순네 살에 허리를 다친 이후로 조금만 무리해서 무거운 것을 들면 상태가 나빠진다. 일상적인 쇼핑도 혼자서는 무리다. 그래도 아직까지는 남편의 도움에 기대며 두 사람의 힘만으로 생활하는 상태를 유지하고픈 소망이 있었다.

그래서 남편과 함께 내놓은 결론은 다음과 같다.

❶ 하루에 몇 번이고 상의해서 둘의 생각이 일치할 때까지 기다린다. 우리 부부에겐 현재 거주하고 있는 집이 있다. 사실 이것만으로도 얼마나 다행인지 모른다. 남편과 나는 서로의 일이 있고, 각자 하고 싶은 일을 하면서 생활할 수 있다는 행복을 만끽하고 있다. 가끔씩 찾아오는 딸네 가족들에게 하룻밤 묵고 갈 수 있는 방을 제공하는 것도 어렵지 않다. 그만큼 우리 생활은 풍족한 편이다.

'내일이면 이렇게 될지도 모른다' 라고 아직 닥치지도 않은 미래에 불안해하면서 걱정할 게 아니라 두 사람이 의논하고 타협해서 다음 단계로 진행하는 것이 바람직하다.

❷ 기회 있을 때마다 요양시설이 구비된 노인홈과 정부 및 지자체가 운영하는 보호시설을 방문하여 사정을 청취한다. 두 사람 중 한 사람의 마음이 이런 곳으로 움직여졌을 때는 먼저 둘이 충분히 상의한 후 아이들과 함께 방문한다. 팸플릿, 또는 체험 입주를 활용하고, 노인홈 등에 입주한 지인이 있다면 찾아가서 정보를 구한다.

❸ 언제 이주할지 모르므로 시간 날 때마다 집안을 정리한다.

그 후로 6년이 지났다. 정년퇴직한 남편은 아침이 되어도 집을 나서지 않는다. 우리 두 부부는 하루 종일 얼굴을 맞대며 함께 생활하고 있다. 내 허리 상태는 여전하지만, 걸어서 15분 거리에 있는 민영철도역 근처까지 재활을 겸해 매일 걷고 있다. 감기몸살 등이 아닌 이상 하루도 빼놓지 않고 걷는다. 가끔은 30분 가량 전철을 타고 터미널에서 친구들을 만나기도 한다.

그러는 사이에 개호보험이 실시되었고(일본의 개호보험제도는 2000년 4월 부터 실시되었다. 역자주), 3년 반 전에 나도 간호가 필요하다는 인정을 받았다. 개호보험 대상자가 되면서 아이들을 의식해 남편과 함께 서둘러 노인홈에 입주하지 않아도 되는 처지가 되었다. 누구도 의지하지 않는 두 사람만의 생활이 좀 더 연기된 것이다.

일흔다섯인 남편은 자동차도 운전하고 해외여행도 혼자 할 수 있을 만큼 건강하다. 공간과 사생활에 여유가 있는 단독주택에 길들여진 남편은 아무리 미래가 불안하더라도 단둘이 다다미 여섯 장 크기의 방에서 지내야 하는 노인홈으로 이주할 마음은 생기지 않는다고 말한다.

솔직한 내 심정은 건강한 남편이 만에 하나 있을지 모르는 사태로 장기 입원이라도 하게 될까 두렵다. 지금 현재만을 고려한다면 남편도 그렇고, 우리 두 사람의 생활도 남의 도움을 그리 필요로 하지는 않는다. 전문적인 도움의 손길이 허락된다고는 해도 상대적으로 비좁은 노인홈 등은 기피하고 싶다. 남편은 평소 집안일은 물론이고 내가 재활운동을 받으러 갈 때마다 자동차로 태워주고 있다. 병원이나 쇼핑 등에도 따라나서며 헌신적으로 나를 돌봐준다. 식사 후의 설거지부터 빨래까지 전에는 내가 했던 거의 모든 집안일을 남편이 도맡다시피 한다.

개호보험의 출범과 더불어 요즘은 요양시설을 갖춘 유료 노인홈이 크게 늘어났다. 예전에 봐둔 노인홈은 입주에 연령 제한이 있어 현재의 우리 나이로는 불가능하다. 앞으로 거리도 가깝고, 환경도 마음에 쏙 드는 곳이 나타난다면 기간을 두고 우리집과 노인홈을 왕래하며 생활하다가 끝에 가서는 집을 처분해야 되지 않을까 생각한다.

대가족이 어울려 살던 과거와 달리 요즘에는 몸이 약해진 고령자의 불안이 상상을 초월한다. 부부 단둘이, 혹은 독신으로 생활하기가 부담스러워졌을 때 누구든지 현재의 상태를 되돌아보며 새로운 선택 앞에서 주춤거린다. 마음을 굳히고 상당한 액수를 지불하며 노인홈 등으로 옮겼지만, 그 생활이 불편해서 다시금 예전 생활로 돌아갔다는 경험담도 자주 접하게 된다.

우리 부부는 현재도 망설이고 있다. 아이들과 사는 것은 완전히 제외하고 있기에 언젠가는 요양시설이 갖춰진 전문기관을 선택해야 될 것이다. 그날을 대비해 여러 모로 정보를 수집하고 우리 부부의 몸 상태를 체크하고 있다.

말년의 삶에서 무엇이 올바른 선택인지는 장담하기가 어렵다. 단지 지금과 같은 상태로 계속해서 살아갈 수 없다는 것만은 분명하기에 언젠가 찾아올 감당하기 힘든 변화의 때를 대비하여 정보를 수집하고, 방법을 찾아봐야 하는 것만은 틀림없다고 본다.

조명은 되도록 끄지 않는다

60세 이상 세대에게 실내 조명의 소등은 에너지 절약과 별로 관계가 없다. 그저 사람이 없으면 무의식적으로 스위치를 내린다. 칭찬받아 마땅하지만 늙을수록 이런 습관은 버려야한다고 생각한다.

쓸데없이 에너지를 소비하라는 뜻은 아니지만, 나이 들어 약해진 시력을 감안하는 것이 옳다. 단시간이라도 캄캄한 어둠 속을 걷는 것은 피해야 한다. 실수로 넘어져서 뼈가 부러지기라도 하면 전기를 아끼려다 되려 큰 손해를 보게 된다.

국민생활센터에서 발행하는 '소비자 피해 주의 정보'에 따르면 노화에 의한 시력 저하로 60세부터는 청년기의 약 2배, 70대에는 2.6배의 더 밝은 조명이 필요하다고 한다.

여기서 집안의 조명을 생각해보자. 고령자 가구의 거실 조명은 방 중앙의 스탠드, 혹은 천장에 매달린 형광등 하나가 고작인 집이 많다.

나이가 들수록 방안의 조명을 밝히고, 전등 개수를 늘려 그림자를 적게 만드는 것이 안전하다. 인테리어만 달라지는 게 아니라 집안 분위기까지 달라진다.

스포트라이트나 스탠드를 생각해보자. 천장의 전등뿐 아니라 바닥이나 낮은 발판 위에 스탠드(공을 반으로 자른 것 같은 반투명 덮개의 다리가 없는 전구 스탠드)를 놓아두는 건 어떨까. 비스듬하게 기울어진 덮개 너머로 빛이 반사되면 분위기도 색다르고, 사람이 없을 때 굳이 천장의 주등을 켜지 않고 이것만 켜두면 된다. 스포트라이트도 다양한 제품이 판매되고 있다. 비싸지 않더라도 세련된 디자인에 후드 색상이 금속 계통이나 블랙 계통이라 젊은층도 만족해 하는 제품이 많다. 스탠드식 외에도 클립 등으로 벽에 고정해서 사용하는 제품도 있다.

어디에 둘 것인가도 중요하지만, 일단 근처 매장에 들러 마음에 드는 제품을 하나 구입해보는 것이 중요하다. 집에도 옛날에 쓰던 게 있으니까, 라는 마음가짐으로는 안 된다. 새로 구입한 제품을 밝게 켜고 그 밑에 신문과 책을 읽을 수 있는 책상이나 소파를 놓는다면 작은 글씨도 잘 보이고, 실내 분위기도 매우 밝아진다.

요즘은 생긴 건 전구인데 형태는 형광등인 제품도 있다. 며칠 전에 나도 우리집의 창 없는 복도에 전구형 형광등을 설치했다. 같은 밝기의 전구에 비하여 소비전력이 낮다. 밤은 물론이고 낮에도 불빛이 필요한 곳이라 소비전력이 낮은 형광제품을 구입했다. 한밤중에 어두운 복도나 침실의 콘센트에 꽂는 5~10와트짜리 콘센트라이트도 디자인과 형태가 다양하다.

나이가 들어서는 절대로 어두운 집안을 배회해서는 안 된다. 한낮에도 복도가 어둡다면 형광등을 하나 설치해두는 것이 안전하다. 특히 침실과 화장실을 잇는 복도는 잠자리에 들기 전에 전등을 켜놓도록 한다. 이왕이면 밝은 제품을 고른다. 화장실까지 환하게 비춰줄수록 사고의 위험이 줄어들기 때문이다. 방과 복도와 화장실의 높낮이를 고르게 맞추려면 큰 공사가 필요하지만 조명은 경제적 부담이 상대적으로 크지 않다는 장점도 무시하기 어렵다.

센서라이트로 안전하게

우리집은 침대 머리맡에 형광등이 있다. 몇 년 전에 남편이 스위치 일체형 전등을 하나 사왔다. 반쯤 눈이 떠진 상태에서도 비몽사몽 손으로 더듬다보면 쉽게 불을 켤 수 있다. 늙어서는 옆에서 자고 있는 사람을 깨우지 말아야 된다는 배려보다 내 몸이 굴러 떨어지지 않는 게 더 중요하다.

집집마다 의외로 조명이 어두운 곳은 계단이다. 오랫동안 살아서 익숙하다고 자만하지 말고 밤새 켜둬도 소비전력에 부담이 없는 전구를 계단 옆에 설치하고, 2층과 1층의 계단 입구에도 밝은 조명을 설치해 최대한 그림자가 생기지 않도록 꾸며놓는다.

요즘은 센서라이트라고 해서 사람을 감지하고 점등하는 제품도 많다. 이것을 계단이나 복도에 설치해놓으면 스위치를 켜지 않고서도 안전하게 생활할 수 있다. 노인에게 안성맞춤인 제품이다.

코드 길이가 3미터에 달하고, 밝기도 100와트에서 150와트까지 상당히 밝고 점등 시간도 8초에서 16분까지 조절 가능한 제품을 본 적이 있다. 비에 젖어도 상관없는 안전한 제품이므로 현관 밖이나 문안에 설치해도 되고, 절도 예방에도 도움이 된다. 전동 드릴로 나사못만 박으면 된다. 결코 큰 공사가 아니다.

더 나이가 들기 전에 조명에 대해 생각해보도록 하자. 한 가지 당부하고 싶은 것은 나이가 들수록 전등은 부지런히 *끄는* 게 아니라 부지런히 *켜야* 한다는 것이다.

저녁 늦게 귀가할 것 같은 날엔 현관 바깥과 출입문 안쪽 전등을 미리 켜둔다. 특히 홀로 사는 노인이라면 젊은 시절의 두 배 가까이 실내 조명을 환하게 밝힌다. 전등 불빛이 고독을 위로해줄 수도 있기 때문이다.

집에 있는 도구들을 다시 보자

새로운 게 무조건 좋다는 건 아니지만 최근 들어 나이 든 사람이 편리하게 쓸 수 있는 도구들이 다채롭게 판매되고 있다. 내가 새로 구입한 도구 중에 나이가 든 사람에게 꼭 필요하다고 생각되는 물건들이 몇 가지 있어서 간략하게 소개해볼까 한다.

다리미

몇 년 전만 해도 다리미는 무거울수록 구김살이 잘 펴지고 다림질이 잘 된다고 생각했다. 그러나 지금은 그 생각이 잘못된 것임을 알고 있다. 구김살이 펴지는 것은 소비전력(와트)에 비례한다. 보통 다림질을 할 때 옷에 물을 뿌려 천을 적시고 주름진 곳을 집중적으로 다린다.

이때 와트가 클수록, 즉 열 공급량이 클수록 수분이 빨리 증발하고 그와 더불어 천의 구김살이 펴진 상태에서 빠르게 건조되어 고정된다.

이 같은 다림질 이론에 맞춰 과거보다 와트는 크고 무게는 가벼운 다리미가 시판되고 있다. 나처럼 허리가 불편해서 될 수 있으면 무거운 것을 피하려는 사람들에게 큰 도움을 준다.

전에 쓰던 다리미는 10년 가까이 사용한 제품으로 소비 전력은 1,100와트였다. 다리미 본체는 물을 담지 않고도 1.35킬로그램이나 나갔다. 허리를 고려해서 전기 코드가 없는 다리미를 몇 년 전부터 사용해왔는데, 다리미 본체의 무게는 850그램이다. 예전에 쓰던 것보다 500그램이나 가볍다. 계속 무거운 다리미를 썼기 때문인지 500그램 차이가 굉장히 크게 느껴진다. 전기 코드가 없다는 말을 듣고 금방 식어버리는 건 아닌지, 다림질 한 번 하는데 툭하면 충전해야 되는 건 아닌지 걱정스러웠다. 다행히 실제로 사용하는 동안 이런 적은 한 번도 없었다.

특히 신제품에만 부착된 '샷' 기능이 마음에 들었다. 다리미대를 사용하지 않고 옷을 옷걸이에 걸어둔 상태에서 수증기를 분사시켜 구김살을 펴는 기능이다. 옷걸이에 걸어놓고 구겨진 곳만 간단하게 펴서 갈아입으면 되는 것이다.

장롱에 여러 벌의 옷을 한꺼번에 보관하다보면 패드가 들어간 신사복 어깨 부위가 찌그러지기 일쑤다. 그럴 때 다리미의 샷 기능을 사용하면 깨끗하게 주름이 펴진다. 다림질은 원래 힘들다고 여길 게 아니라 이번 기회에 신제품을 알아보는 건 어떨까.

소형 진공청소기

이것도 다리미와 마찬가지로 크다고 해서 먼지 제거에 더 뛰어난 것은 아니다. 흡인력은 와트에 비례한다. 카탈로그를 꼼꼼히 살펴서 사용하기 편한 제품, 예를 들어 가볍고, 먼지 처리가 간단하고, 흡입력도 강한 제품을 고른다.

나이가 들면 청소가 귀찮아진다. 소형 다리미와 비슷한 생김새에 비교적 가벼운 제품은 앉은 자리에서 주위를 청소할 수 있어 편하다. 더러운 곳만 집중해서 청소할 수 있다.

흡입구가 가늘거나 호스 등의 부착이 가능한 제품은 서랍 속까지 청소기를 사용할 수 있어 편리하다.

충전식은 사용 전에 미리 충전해둬야 하기 때문에 귀찮다고 생각할 수 있는데, 코드 길이에 상관없이 사용 가능하므로 오히려 편할 때가 많다. 충전식은 보관 장소에 충전용 콘센트를 마련하고 꽂아두면 관리하기가 더욱 쉽다.

바지 프레서

요즘에 나오는 블라우스는 다림질을 하지 않고도 입을 수 있는 제품이 많다. 하지만 바지는 남성용도 여성용도 무릎이 동그랗게 튀어나오거나 구겨지기 일쑤여서 적절한 관리가 필요하다.

우리집은 남편이 직장 생활을 할 때부터 퇴근 후 집에 돌아오면 입고 나간 바지를 프레서에 끼워 주름을 폈다. 평소에도 바지 세탁 후 반드시 다림질을 한다. 또 외출하고 돌아와서는 프레서로 주름진 곳을 다듬는다. 나이가 들수록 여름 겨울을 따지지 않고 바지를 즐겨 입게 된다. 꼭 필요한 도구라고 생각한다.

식기세척기

주방도 좁아지고 남편과 내가 건강했기에 필요를 못 느꼈지만 슬슬 식기세척기가 필요한 시점이라는 생각이 든다.

나이 들어 혼자, 또는 둘만 살게 되면 손이 많이 가는 음식은 피하게 되고, 사람을 초대하는 일도 거의 없어 그릇을 많이 쓰지도 않는다. 요즘은 일주일에 너더댓 번 식사 배달을 이용한다. 일회용그릇에 담겨오므로 접시는 물론이고 냄비를 쓰지 않을 때도 많다. 이미 우리집은 설거지라는 노동에서 거의 벗어났다고 볼 수 있는데, 아무리 소량이라도 식기를 닦지 않고 넘어가는 날은 없다. 그때마다 예전만큼 깨끗하게 그릇을 닦지 못하게 됐다는 기분이 들어 찜찜했다.

요즘 새로 나온 식기세척기는 가스레인지와 전기히터, 생선구이 로스터, 삼발이, 석쇠, 받침접시까지 모두 세척할 수 있다고 한다. 세척에 소비되는 물도 많지 않고 시간도 훨씬 단축되었다. 냄비를 비롯한 조리기구도 식기세척기 사용이 가능한 제품들이 출시되고 있다.

허리를 숙이고 설거지하는 게 힘들다거나 시력이 나빠져 때가 잘 안 보인다는 상황이 되었다면 진지하게 고민해볼 문제다. 그리고 식기세척기를 결정했다면 냄비와 프라이팬도 세척기에 넣고 닦을 것을 권한다.

아크릴 수세미

얼마 전부터 100퍼센트 아크릴실을 코바늘 뜨개질로 만든 수세미가 중년 여성들 사이에서 유행하고 있다. 우리집에도 친구가 직접 만들어서 선물한 아크릴 수세미가 두 개나 있다. 하나는 주방걸이에 걸어놓을 수 있도록 끝에 작은 고리를 달아주었다. 쓰지 않을 때는 설거지대 위에 걸어놓고 있다. 아크릴 수세미는 세제를 쓰지 않아도 때를 잘 벗겨낸다. 설거지를 하고나면 수세미가 검게 더러워지기 일쑤인데 물을 붓고 비비는 것으로 간단하게 세척할 수 있다. 특히 여간해서는 지워지지 않는 찻잔의 앙금, 스테인리스 싱크대 안쪽, 물때가 껴서 미끌미끌한 설거지대 등을 청소하고 닦아낼 때 매우 편리하다. 나는 고기, 버터 등의 지방이 붙은 그릇을 닦을 때도 아크릴 수세미를 애용하고 있다.

남은 한 개는 욕조용으로 만들어주었다. 네 손가락을 집어넣을 수 있게끔 뚫려 있고, 손목에 밴드(이것도 아크릴실이다.)도 달려 있다. 욕조와 세면대에 물을 받고 수세미로 문지르기만 하면 된다. 까슬까슬한 물때 등이 말끔하게 떨어진다. 욕조 바깥과 타일도 욕조 물을 붓고 수세미로 문지르면 깔끔해진다. 아크릴 수세미는 세제를 사용하지 않아도 청소와 세척이 간편해서 마음에 쏙 들었다.

아크릴 수세미의 강력한 세척 작용의 비밀은 아크릴 특유의 가느다란 섬유에 있다. 여러 개의 가느다란 섬유가 세제의 도움 없이도 그릇

등으로부터 오물을 분리해낸다. 아크릴실은 보풀도 없고 물도 먹지 않는다. 사용이 가볍고, 깨끗하게 빨아서 건조시키면 오랫동안 사용이 가능하다는 장점도 있다.

베이킹소다의 효용

베이킹소다는 빵을 부풀릴 때 주로 사용하는 소재로 알고 있는데 청량음료에서 거품을 일으키는 원료도 베이킹소다. 인체에 무해한 이 베이킹소다를 집안에 항상 비치해두기를 권한다.

설거지를 할 때, 특히 병을 씻을 때 베이킹소다를 조금 뿌리고 뜨거운 물을 담아 흔들면 깨끗하게 씻긴다. 주방 가스대를 청소할 때도 수세미에 베이킹소다를 묻히면 표면에 흠도 나지 않고 오래된 기름때도 말끔히 떨어져나간다.

스푼과 포크 같은 은제품이 검게 변색되기 시작했을 때 끓인 물에 베이킹소다를 조금 넣고 은제품을 담근다. 이렇게 두서너 시간 놔두면 원색이 복구된다. 어느 정도 색이 돌아왔다 싶을 때 마른 천으로 물기를 닦아내고 그늘진 곳에서 보관한다.

냄비 안쪽이 검게 탔을 때는 베이킹소다와 물을 붓고 끓인다. 식힌 후 닦아내면 효과를 볼 수 있다. 소금과 베이킹소다를 같은 양으로 준비해서 뜨거운 물에 녹인 후 주방과 욕실 하수구에 뿌리면 파이프의 오물이 벗겨진다고 한다.

베이킹소다는 인체에 무해한 만큼 안심하고 사용할 수 있다.

식사 준비를
하지 못하게 되었을 때

주방에서 혼자 요리하기가 힘들어졌지만, 그래도 내 집에서 기존 생활을 유지하고 싶을 때는 어떻게 해야 좋을까.

극심한 요통으로 부엌에 들어가지 못했던 3개월 동안 남편이 가사 일을 대신했다. 친구와 이웃분들의 도움으로 하루 세끼를 먹는 데 큰 불편이 없었다. 그렇다고 남은 인생을 타인에게 의지할 수만은 없는 노릇이다.

몸이 조금씩 나아지는 것을 계기로 장시간 주방에서 요리할 수 없는 처지가 되었을 때 내가 어떻게 해야 좋을지를 생각해보았다. 특히 지난 몇 년 간은 여러 가지 시험과 조사로 뜻 깊은 시간을 보냈다. 현재까지 내가 찾아낸 방법은 다음과 같다.

장보기는 다른 사람에게 맡기고 요리는 직접한다

다리와 허리가 약해지면 장보기에 나서는 것조차 두렵다. 간단한 요리는 문제없지만 먼 거리를 무거운 짐을 들고 이동하기란 고통스럽다. 보존식품과 간단한 조리로 먹을 수 있는 제품들을 알아보고, 며칠에 한 번 아는 사람에게 장보기를 부탁하는 방법도 있다. 혹은 가게에 주문해서 배달하는 방법도 있다.

대다수 편의점에서 전화, 팩스 주문을 받고 있다. 직원이 주문한 상품을 직접 배달해주는 것이다. '우리 땅을 지키는 모임' 등에 등록해서 회원이 되면 일주일에 한 번 채소, 고기, 어류, 조미료 같은 기본식품을 택배로 보내주기도 한다. 모두 유기농, 저농약 채소들이다. 일반 마트에서도 주문 배달이 가능한데, 3,000엔 이상 주문하면 대부분 배달료는 받지 않는다.

300엔 안팎으로 1인분에서 2인분의 익힌 음식, 나물, 구운 생선, 튀김류를 파는 마트도 있다. 그런 곳에서 채소, 과일, 조미료 등을 더 구입하면 3,000엔 정도는 어렵지 않게 맞출 수 있다. 며칠에 한 번 이런 식으로 주문한다면 나가지 않고도 식재료 걱정을 덜게 된다.

주문 배달로 반찬 거리 걱정을 해결했다면 다음으로 해결해야 될 문제는 보관이다. 어쩔 수 없이 냉동식품, 즉석가공식품, 통조림, 인스턴트식품이 주를 이루기 때문이다.

다행히 요새 나오는 냉동식품은 옛날과 비교해 놀랄 만큼 좋아지고 다양해졌다. 소재만 해도 시푸드믹스 같은 제품은 놀랍기만 하다. 이것은 모시조갯살에 깍둑썰기한 문어, 새우가 들어 있다. 스파게티와 중국식 볶음밥의 재료로 더없이 좋다. 조림 재료, 예를 들어 당근, 우엉, 연근, 토란, 강낭콩도 포장해서 팔고 있다. 잠깐만 삶으면 얼마든지 조리가 가능하다.

이 두 가지는 극소수 예에 불과하다. 손이 많이 가는 반찬류를 반쯤 익힌 상태에서 판매하는 제품들도 다양하다. 기본적인 양념만 더했기에 원하는 양을 구입해서 내가 원하는 양념을 첨가한다. 시장을 들르지 않고도 좋아하는 반찬을 맛있게 먹을 수 있다. 노인들에겐 매우 중요한 생활 수단이라고 본다.

즉석식품도 빼놓을 수 없다. 주먹밥 종류는 전자레인지로 데워서 그 자리에서 먹는다. 우리집은 남편 몫까지 2인분을 준비하는데, 고기를 좋아하는 남편은 한 입 크기의 크로켓, 새우찜만두를 즐겨 먹는다. 기름에 튀기지 않아도 되고, 입맛에 맞는 소스를 더하면 부담 없이 맛있게 먹을 수 있어서 자주 시켜먹는다.

요즘은 익힌 채소도 팔고 있다. 브로콜리, 아스파라거스, 버섯, 시금치를 한 줌씩 삶아 팔고 있다. 건강에 자신이 있더라도 이런 제품을 이용해보기 바란다. 냉동식품의 장점은 보관이 쉽고, 먹을 만큼만 꺼내 먹고 다시 보관할 수 있다는 점이다.

고령자의 필수품인 우유도 냉장고에 넣을 필요가 없는 분말 형태가 있다. 무려 2개월 간 보관이 가능하다. 우유가 떨어졌는데 사러 나가기 귀찮다면 치즈로도 충분하다. 여유 있게 준비한다.

된장국, 맑은 장국은 인스턴트 제품도 괜찮은 것이 많다. 동결 건조 채소의 상태나 종류가 예전보다 많고 다양해서 맛이 개선되었다. 감기에 걸려 요리가 힘들 때 큰 도움이 된다.

내 입에는 그다지 별로지만 비상용으로 레토르트식품도 권한다. 백반, 카레는 대중화되었고, 요즘은 비빔밥 재료도 팔고 있다. 옛날에는 통조림에 관심이 없었다. 그러나 요즘은 시장에서 장을 볼 수 없는 몸이 되었을 때를 대비해 어떤 제품들이 요긴한지 살펴보고 있다.

나는 요통 때문에 주변 등근육이 매우 약하다. 주방에 오래 서 있으면 힘들다. 주방에서 조리하는 시간이 짧을수록 내 몸에 좋다. 그래서 재료를 잘게 썰거나 껍질을 벗기는 일은 식탁에 앉아서 하고 있다. 만약 손마저 한쪽이 부자유스러워진다면 조리를 도와줄 도구가 필요해진다.

요즘은 이런 도구들도 종류가 다양하다. 전문요양사나 재활기관에 문의하면 더 많은 정보를 얻을 수 있다. 복지기구전시장을 찾거나, 백화점의 전문코너를 방문해보는 것도 좋다. 나는 '통스'라고 하는 집게처럼 생긴 도구에 관심이 많다. 허리를 숙이지 않고도 물건을 집을 수 있기 때문이다.

이런 다양한 도구들을 이용한다면 누군가의 도움 없이도 좀 더 오랫동안 주방에서 자기가 먹을 음식을 조리하는 것이 가능하다.

조리를 안전하게 계속하려면

나이가 듦에 따라 조리 후 가스불 정리에 소홀해지고 있다. 본인 스스로도 자신감을 잃게 되고 가족들로부터 "불을 쓰는 요리는 하지 마세요."라는 말을 듣기 일쑤다. 된장국 한 그릇도 내 마음대로 데워 먹지 못하게 된다면 누구든지 기분이 쓸쓸해질 것이다.

도쿄가스의 도시생활연구소가 발표한 〈도시 생활 리포트〉에 '조리를 즐기며 치매를 예방한다'라는 조사 결과가 실렸다. 500명이 넘는 사람들을 대상으로 조사한 결과 "조리가 즐겁다는 사람일수록 치매에 걸릴 확률이 낮았다. 식사 도중의 대화도 치매 예방에 도움을 주는 것으로 확인됐다."고 한다.

요즘은 가열 조리기구가 매우 다양하다. 목적과 상황에 맞춰 기구를 선택하면 안전하게, 안심하고 조리할 수 있다. 조리기구만 지혜롭게 이용해도 몸이 움직이는 한, 내가 먹을 음식을 내 입맛에 맞춰 요리해

먹을 수가 있다는 뜻이다.

어떤 기구를 어떻게 사용하면 좋을지 나의 체험을 바탕으로 설명해 보고자 한다.

전자레인지, 오븐토스터

전기기구이므로 불길이 치솟지 않는다. 타이머형 스위치가 기본이다. 예약한 시간이 지남과 동시에 꺼지기 때문에 안전하다. 특히 전자레인지는 독신 생활자에겐 매우 편리한 기계다. 레인지용 용기만 있으면 간단하게 요리할 수 있다.

전용 용기가 아니더라도 금속제만 아니면 안전하다. 금속제는 레인지 내부에서 조리 도중에 불꽃이 튈 수 있어 위험하다. 뚜껑이 있는 도자기제의 식기만 있으면 충분하다. 1인분 분량의 국을 데울 때, 브로콜리, 당근, 감자도 랩을 씌우고 뚜껑을 닫아놓으면 안전하게 익힐 수 있다. 사용 전에 야채를 물에 씻고 물기를 제거하지 않은 상태에서 레인지로 가열하면 더 빨리 익는다.

레인지가 있으면 냉동 보관한 식재료가 유용해진다. 해동해서 조리하면 되기 때문이다. 이런 점에서도 노인에게 적합한 조리기구라고 생각한다.

나는 리버페이스트(소나 돼지간을 쪄서 갈은 것. 주로 빵에 발라 먹는다. 역자주)나 생선파테(생선을 넣은 소형 파이. 역자주)를 좋아한다. 기회가 있을 때 대량으로 구입해 냉동실에 넣어놨다가 아침에 랩을 씌워 레인지에 해동해서 먹곤 한다. 베이컨이나 햄은 한 번에 먹는 양이 적은 편이라 1회 분량으로 잘게 썰고 랩을 씌워 냉동시킨다. 이렇게 얼린 베이컨과 햄은 남편이 좋아하는 달걀반숙에 얹을 때 레인지로 해동시켜 익힌다.

우유도 레인지로 데워서 마신다. 레인지로 스튜나 국을 데울 때는 끓어 넘칠 염려가 있으므로 턴테이블 크기의 접시 위에 컵이나 그릇을 올려놓는다.

예를 들면 레인지로 우유를 데울 때 도자기제 찻종에 우유를 따르고, 턴테이블 크기의 바닥이 평평한 유리접시 위에 올려놓고 데운다. 이렇게 하면 만에 하나 우유가 끓어 넘치더라도 접시 바닥에 흘러내린다.

서틀셰프(보온냄비), 또는 박사냄비(슬로우쿠커)

우리집의 아침 식사는 주로 양식인데, 일주일에 두서너 번은 죽을 끓인다. 이때 활약하는 기구가 서틀셰프다. 서틀셰프는 겉보기엔 스테인리스 냄비처럼 생겼다. 여기에 일반 냄비를 넣고 뚜껑을 닫으면 장시간 보온해준다.

서틀셰프는 주로 보온용이지만 약간의 조리도 가능하다. 끓는 냄비를 서틀셰프에 넣고 50분쯤 지나 온도를 재봤더니 겨울인데도 약 70도로 계속 보온해주고 있었다. 약불에 냄비를 올려놓을 때 깜박 잊고 지나치는 경우가 많은데, 서틀셰프라면 잊어버려도 안전하다.

높은 온도임에도 물이 열기에 끓어오르는 등 움직임이 없어서 재료가 골고루 익는다. 덕분에 재료의 고유한 맛이 그대로 살아나 국물 요리에 상당한 강점이 있다. 우리집에 있는 제품은 셔틀셰프와 똑같은 기능인데 이름은 '박사냄비'다.

'박사냄비'로 아침 식사용 죽을 끓일 때는 전날 밤에 쌀 2인분과 그보다 6, 7배의 물을 냄비에 넣고 불린다. 아침에 우리 부부 중 먼저 일어난 사람이 전날에 준비한 냄비를 가스레인지에 올려놓고 끓인다(약 2분). 끓어 넘치기 직전에 불을 끄고 냄비를 '박사냄비'에 넣고 뚜껑을 닫는다. 한 시간쯤 지나 냄비를 꺼내면 맛있는 죽이 완성되어 있다.

'박사냄비'는 수프를 끓이고 어묵을 만들 때처럼 약한 불로 천천히 삶는 요리를 할 때 끓어 넘칠 위험도 없고, 눌어붙지도 않는 매우 유용한 도구이다.

가스레인지의 안전 장치

나이가 들었다고 가스레인지를 쓰지 않고 살 수는 없다. 가스는 화력이 강하고 비용도 싸다. 다행히 요즘에 나오는 가스레인지는 예전과 달리 안전 장치가 계속 추가되고 있어 고령자가 사용해도 안심할 수 있다. 도쿄가스가 출시한 가스레인지의 안전 장치를 잠시 살펴보자.

첫째로 버너를 켜두고 깜박 잊었을 때를 대비해주는 타이머(일정 시간이 지나면 자동 소화되는 기능) 기능이 있다. 각각의 버너에는 온도 센서가 부착되어 있어 튀김 기름이 지나치게 가열되는 것을 방지하고, 만일의 사태를 대비한 소화 기능도 장치되어 있다. 이에 덧붙여 고기나 생선의 튀김 요리 시에 온도를 자동적으로 조절해주는 기능도 있다.

튀김 기름의 발화를 방지해주는 안전장치가 있으면 지나치게 가열되어 튀김 기름에 불이 붙거나, 냄비를 불에 올려놓고 깜박 잊었을 때 내용물이 모두 타고 냄비에 불이 붙는 사고를 미연에 예방할 수 있다. 보통은 점화구가 2개 이상인 가스레인지에 이런 기능이 장착되어 있다.

가스버너 한가운데에 나사머리처럼 생긴 센서가 붙어 있다. 이 센서가 냄비 바닥의 온도를 감지하는데, 온도가 250도 이상으로 올라가면 자동적으로 버너의 콕을 닫게 되어 있다. 기름의 발화점은 종류에 따라 차이가 있으나, 대개는 300도 이상이다. 따라서 미연에 사고를 예방할 수 있다.

냄비가 타는 것을 방지하는 원리도 이와 동일하다. 냄비 바닥이 130도(냄비 바닥의 온도가 상승하는 시간 등으로 내용물이 기름인지, 일반 음식물인지 스스로 구별한다.), 즉 물을 붓고 감자를 삶았을 때 130도에서 일정 시간이 경과하면 내용물이 타게 될 위험이 있으므로 가스를 차단, 냄비가 타버리는 사고를 예방한다. 하지만 이런 기능이 있다고 해서 냄비가 타거나 내용물이 바닥에 눌어붙는 사고를 모두 막아주는 것은 아니다.

이 같은 기능은 두 개의 버너 중 한 쪽에만, 즉 센 불에만 장착된 경우가 많다. 요리는 주로 센 불에서 높은 온도로 조리하는 경우가 많기 때문이다. 따라서 안전장치가 없는 약한 불에 냄비 등을 올려놓고 요리할 때는 각별히 조심해야 한다.

버너에 밥솥을 올려놓고 자동으로 밥(죽도 가능하다)을 짓는 기능도 있다. 가스레인지에 부착된 센서가 스스로 온도를 조절해서 소량의 밥도 빨리, 맛있게 지을 수 있다. 이런 기능은 고령자 세대에게 특히 유용하다. 밥물이 넘치거나 타는 것을 방지해주기 때문이다. 타이머를 작동시키면 삶거나 조리할 때 편하다. 불 끄는 걸 잊어버려도 걱정이 없다. 예전 제품들에 비하면 엄청난 발전이다. 더욱 안전해지고 편리해졌다. 비등(沸騰) 소화라는 기능도 있다. 냄비의 물이 끓기 시작하면 소리로 이를 알려준다. 그 후 약한 불로 조절되고, 5분이 지나면 자동 소화가 실시된다.

가스 기구는 전기 기구에 비해 안전상의 문제가 많았다. 요즘은 그런 문제가 거의 해소되었다. 가스대를 청결하게 유지하려면 일단은 냄비를 올려놓는 그레이트가 가벼워야 한다. 가스대 표면은 요철이 적고 청소하기 쉬운 형태가 좋다. 그레이트는 식기세척기에 넣고 세척할 수 있어야 하고, 표면 재질이 탄탄해서 수세미 등으로 닦았을 때 힘들이지 않고 때를 간단히 지울 수 있어야 한다. 음식물이 넘쳐 눌러붙어도 세제로 닦아냈을 때 상처가 나서는 안 된다.

생선구이 그릴

요즘 판매되고 있는 최신 그릴은 연기나 냄새가 밖으로 새지 않는다. 주방에 들어가도 생선을 굽고 있다는 것을 모를 정도다. 위아래를 동시에 굽는 '양면 그릴'이 일반적이다.

그릴은 기본적으로 화력 조절 기능과 타이머 기능을 갖추고 있다. 초고속 오븐토스터로도 활용이 가능하다. 생선만이 아니라 고기, 야채, 빵을 굽고, 시장에서 구입한 튀김 요리도 다시 가열해서 먹을 수 있다.

나이가 들면 튀김 요리를 많이 먹지 못한다. 시장에서 파는 대로 양껏 사왔을 때 냉동 보관했다가 그릴에 2, 3분 가열해서 먹으면 전자레인지로 해동해 먹을 때보다 훨씬 맛있다.

타이머 기능이 장착된 그릴은 사용 후 끄는 걸 잊어버려도 걱정이 없다. 만약 타이머를 맞춰놓지 않아서 그릴 내부 온도가 지나치게 올라갔을 때는 '안전 센서'가 작동해 일정 시간 후 자동으로 소화시킨다.

그릴에 쓰는 석쇠 등은 불소 세라믹 코팅 제품이다. 기름때가 잔뜩 묻어도 쉽게 지워진다.

인덕션레인지, IH히터(induction heating)

평소에 주로 가스레인지를 사용하지만 테이블 위에서 간편하게 사용할 수 있는 인덕션레인지도 갖춰놓았다. 한때 인덕션레인지는 사용할 수 있는 냄비가 한정되어 있었다. 바닥이 강철재 질이어야 하고 평평해야 했다. 또 불길이 솟지 않아서 생선을 굽지도 못했다. 지금도 원리는 동일하지만 사용이 보다 유용해져 일반 가스레인지처럼 금속제 점화구로 돌출된 제품이 등장했다.

인덕션레인지는 냄비를 올려놓지 않으면 가열되지 않는다. 불길도 없어서 옷자락이나 주변에 돌아다니는 종이류나 행주에 불이 붙을 염려도 없다. 화력이 강한 편이고 화력 조절도 미세한 온도까지 조절 가능하다. 스위치 내리는 것을 잊어버려도 냄비를 꺼내면 가열이 멈추거나 자동으로 스위치가 차단된다. 혹은 일정 시간이 지나면 경고음이 울

리므로 비교적 안전하다. 나이가 들어서도 안전하게 쓸 수 있는 조리기구라고 생각한다.

요즘 제품들은 안전성이 더욱 고려되어 타이머 기능과 자동 차단 기능은 기본으로 갖춰져 있다. 인덕션레인지의 가열대는 싱크대와 마찬가지로 평평해서 닦기가 쉽다. 점화구가 2개, 3개인 제품이라면 냄비를 조리기 위에서 이동시키고 간단히 청소할 수 있다.

튀김 요리를 할 때도 유용해서 온도(140~200도)를 미리 설정할 수 있으며, 밥이나 죽을 끓일 때도 요리에 맞게 온도를 설정해놓으면 끓어 넘치는 일 없이 맛있게 먹을 수 있다.

인덕션레인지는 불꽃이 보이지 않는다. 냄비가 뜨거워졌는지 알 수 없어서 무섭다는 사람도 있다. 이런 분들도 조금만 익숙해지면 인덕션 레인지처럼 안전한 가열기구는 없다는 데에 동의하게 될 것이다(최근 에는 가열 중임을 표시하는 램프가 들어오는 제품도 있다.

이처럼 안전한 기구들을 이용해 나이가 든 후에도 자기 몸에 필요 한 음식들을 스스로 조리해서 먹는다면 보다 건강한 생활을 유지하는 데 큰 도움이 될 것이라고 확신한다.

소매에 불이 붙는 사고를 어떻게 방지할까

한때 할머니 전문배우로 유명했던 우라베 구메코 씨가 잠옷에 가스레인지 불이 붙어 사망하는 사건이 발생했다. 향년 87세였다. 아침에 잠옷을 입은 채 물을 끓이려고 가스레인지에 점화한 순간 잠옷 소매에 불이 붙어 순식간에 불덩이가 된 것이다.

독거노인에게 자주 일어나는 전형적인 착의착화(着依着火) 사고다. '착의착화'란 가스를 사용하는 요리, 불단의 양초, 모닥불 등에서 불꽃이 튀어 옷에 옮겨 붙는 사고를 말한다. 이런 원인으로 화상을 입거나 화재가 일어나는 사고가 많은데, 최악의 경우 이 여배우처럼 죽음에 이르기도 한다.

1995년에 발간된 소방백서를 보면 94년에 발생한 화재 사망자 중 착의착화로 인한 사망은 전체의 11퍼센트에 달했다. 연령별로는 139명 중 96명이 65세 이상이었고, 취사 도중 사고 사망자는 10명, 다음이 모닥불로 인한 사고였다.

모닥불 사고는 현대사회에서 점차 줄어드는 추세다. 고령자는 되도록 모닥불을 피우지 않는 게 좋은데, 꼭 피워야겠다면 근처에 물통을 준비한다. 번진 불을 끄기 위해서가 아니라 옷에 불이 붙었을 때 뒤집어 쓰기 위해서다.

가장 문제는 취사 도중 사고다. 고령자가 취사 중에 착의착화 사고로 화상을 입는 경우가 특별히 많다고는 할 수 없다. 아마도 신고하지 않는 경우가 많은 것 같다. 실제로는 크고작은 사고가 끊이지 않고 일어난다. 가령 아침에 눈 뜨자마자 잠옷 차림으로 주전자를 가스레인지에 올려놓거나, 어제 남은 음식을 아침에 먹으려고 다시 데울 때가 많다.

이때 방염 파자마를 입는 것도 사고 예방에 도움이 된다. '방염'이라고 하면 어쩐지 뻣뻣한 소재가 상상되는데, 실제로 구입해보면 촉감이 부드럽다. 방염 파자마는 대형 백화점의 개호용품 매장에서 팔고 있다. 가격도 일반 파자마와 비슷하다.

집안에서 잠옷 차림으로 지내는 시간이 길고, 가족이 모두 외출하고 혼자 남아 주방에서 직접 요리를 하거나 음식을 데울 일이 있는 노인이라면 방염 소재 옷을 진지하게 생각해보는 것도 좋다.

화학섬유 재질의 실내옷을 많이 입는데, 레이온, 아크릴, 폴리에스테르, 나일론 같은 화학섬유는 불이 잘 붙는 정도가 아니라 상당히 낮은 온도, 손바닥을 대보면 뜨겁다고 생각될 정도의 주전자 표면에도 녹아붙어 화상을 일으킨다. 면직물이 불에 약하다는 편견이 있는데, 실험 결과 오히려 그렇지 않다고 판명되었다. 트레이닝복이나 유니폼 표면을 자세히 보면 보풀이 많다. 이 보풀에 불이 붙기 쉽다.

이를 직접 실험한 국민생활센터 관계자에 의하면 소매에 불이 붙는 순간 목 부위까지 번진다는 것이다. 보풀이 일어난 상태에서 세탁을 반복하면 더욱 심해진다. 옷 안쪽으로 불이 옮겨 붙지는 않아도 팔과 목 부위까지는 순식간에 불이 붙고, 손에 들고 있던 냄비를 떨어뜨리거나 넘어져 2차 사고로 연결되는 일도 잦다고 한다.

국민생활센터 실험 결과 방염 파자마와 일반 파자마는 불이 옮겨붙어 확산되는 시간에 큰 차이가 있었다. 평소에 이런 사고를 예방하려면 가스레인지에 냄비를 올려놓고 버너에 바짝 붙어 냄비 안을 뒤적거리거나, 앞쪽 버너에 가스불이 들어온 상태에서 뒤쪽 버너의 냄비를 들어올리거나 해서는 안 된다. 또는 앞쪽 버너 이용시에 레인지 뒤편에 떨어진 물건을 주우려고 불길 위로 손을 뻗는 경우가 있다. 이때도 반드시 불을 끄도록 유의한다.

주로 소매에 불이 붙어 화재가 일어난다는 것을 명심하고, 주방에 들어설 때는 옛날에 많이 입던 소매가 달린 앞치마를 몸에 두르는 것도 한 방법이다. 앞치마 재질이 방염 천이라면 더할 나위 없이 좋다.

소매 커버를 손수 만들고 싶다면 낡은 속옷이나 스웨터가 좋다고 국민생활센터는 권한다. 속옷과 스웨터는 실에 불이 붙었을 때 독특한 탄내가 난다. 또 면직물만큼이나 불이 잘 안 번진다고 한다.

소매에서 불이 옮겨 붙는 일을 방지하기 위해서도, 또 편의를 위해서도 가스대는 되도록 낮추는 편이 좋다. 요즘 부엌은 젊은이들 키에 맞춰서 고령자가 쓰기에는 조금 높다. 가열 조리기구에 대해서는 앞에서 설명한 바와 같이 직접적으로 불길이 치솟지 않는 인덕션레인지나

셔틀셰프, 전자레인지를 주로 활용하도록 한다.

본인 스스로 연구하고 고민한다면 불행한 사고는 얼마든지 사전에 방지할 수 있다.

조리가 불가능해졌을 때

　지역의 사회복지과와 상의해서 노인 급식을 신청하는 것도 방법이다. 공적인 급식은 위생적으로도 깔끔하고, 경제적으로도 부담이 적다. 내가 알아본 바로는 1일1식에 토요일, 일요일은 제외되는 경우가 많았다.

　우리 동네에서는 70세 이상 독거노인, 혹은 고령세대는 일요일과 휴일을 제외하고 저녁 석식 한 끼만 급식이 이루어진다. 이마저도 조리 등의 활동이 어려운 사람에게만 한정되어 있다.

　대신 65세 이상 독거노인 및 고령세대가 신청할 수 있는 서비스가 있다. 사회적 교류를 겸해서 월 1회, 혹은 주 1회 식사 택배 서비스가 한 끼당 300엔에 공급되고 있다. 대도시라면 자치단체 외에도 업체에서 시행하는 급식 택배 서비스가 있다.

　우리집도 얼마 전부터 급식 서비스에 부쩍 관심이 늘었다. 급식업체에서 뿌린 전단지에 한달 간의 메뉴가 실려 있는데, 염분과 칼로리까지 상세하게 계산되어 있다. 몸에 이상이 없는 고령자용과 신장투척 같은 환자를 대상으로 하는 메뉴를 별도로 준비한 업체도 있었다. 한끼에 최대 30인분까지 주문이 가능하고, 저녁 식사 이전에 배달해주는 것을 기본으로 한다. 한달에 7일 이상만 주문해도 접수 가능하며, 취소 및 주문은 최소 5일 전에 알려야 한다. 급식은 밀폐형으로 포장되어 배달된다.

업체마다 맛보기 코스(유료)가 있어서 두서너 번 먹어보고 배달 방법과 대응이 마음에 들면 한 달에 7일 정도는 이런 식사를 해보는 것도 나쁘지 않다.

도쿄도 구내에 살고 있는 나는 세븐일레븐이라는 편의점 업체의 식사 택배 서비스를 신청했다. 2003년 말부터 먹고 있는데 재료와 맛이 비교적 건강한 고령자에게 잘 맞는 편이다. 기본 반찬도 매일 바뀐다. 사전에 메뉴를 팸플릿으로 배포해주고 있으며, 칼로리 표시 또한 빼놓지 않는다. 밥은 별도로 한끼에 683엔인데, 가격 이상으로 양질의 음식이 제공되고 있다.

급식 서비스는 경제적인 문제와 더불어 영양과 기호를 따져야 한다. 자신에게 맞는 방법을 하나씩 찾아간다면 고령자도 남에게 의지하지 않고 자립된 생활을 영위할 수 있다고 생각한다.

건강할 때 집안을 정리하자

자녀가 결혼, 또는 직장 관계로 집을 떠나면서 외로움을 느끼게 된 사람들이 많다. 2세대 주택에서 아이들 내외와 동거하거나, 자녀가 현재 사는 곳에서 모시겠다고 제의해 이주를 고민하는 경우도 많다. 이렇듯 나이듦과 더불어 기존에 유지해왔던 생활이 뜻하지 않게 변하곤 한다.

아이들을 키울 요량으로 마련한 단독주택에서 좀 더 작은 곳으로 옮기게 된 상황이 아니더라도 한 해, 한 해 넘어갈 때마다 미리미리 집안 물건을 정리해두는 것이 바람직하다. 혹시라도 전문 노인홈에 입주하게 된다면 수납 공간은 거의 없다고 봐야 하기 때문이다.

앞으로 생활이 어떻게 변할지 모른다. 몸이 건강할 때 버려야 할 것과 앞으로도 계속 가지고 있어야 할 것들을 내 손으로 구분해놓는 게 좋다.

집을 떠난 아이들 방에 아직도 예전에 쓰던 물건들이 남아 있을 것이다. 어쩐지 처분하기가 망설여져 반침과 장롱에 그대로 남아 있다면, 지금 당장 계획을 세워 차근차근 정리해보자.

당장은 집을 옮길 예정이 없더라도 건강한 노년기를 위해 가급적 물건이 적은 편이 좋다. 또 갑작스레 내 인생의 마지막이 찾아왔을 때 "이분은 주위를 참 깨끗하게 정리해두셨네요."라는 말을 듣고 싶은 게 사람 욕심이기도 하다.

정리하려면 결심이 필요하다

인생을 정리하는 의미로 집안 정리에 나서는 사람이 많지 않다고 생각하는데, 나도 그 중 한 명이다. 나부터 결심하고 정리에 나서야겠다는 생각이 든다.

장롱, 서랍 같은 수납가구부터 처분하는 것도 좋은 방법이다. 평수가 좁은 곳으로 옮기면 수납가구는 꿈도 못 꾸고 책장, 찬장도 기본적인 것 하나 정도밖에 가져가지 못한다. 꼭 필요한 가구 외에는 기부하거나 고물상에 처분하고, 내용물은 미리 처분한다. 그래야만 포기가 쉽다.

옷가지를 예로 들어보자. 딸이 집에 놀러왔을 때 전에 입던 옷가지를 내놓고 본인이 필요하다는 것만 남겨두기로 했다. 입게 될지 어떨지 모르겠다는 옷들은 친구들에게 나눠주도록 했다. 특색 있는 옷들은 외국 친구들에게 선물하면 무척 기뻐할 것이다.

옷 외에도 나중에 자녀에게 물려주려고 생각했던 물건들이 있을 것이다. 혼자 속으로 생각할 게 아니라 아이들의 의견을 들어보고 흥미를 보이지 않는 물건들은 빨리 처분한다.

양복 같은 외출복 수납은 노인홈 등으로 주거를 옮겼을 때 옷장이 하나밖에 주어지지 않는다는 점을 미리 고려해둔다. 평소부터 옷장 하나에 코트, 슈트, 원피스, 스커트, 바지, 블라우스를 함께 수납하는 것이다. 그러려면 꽤 많은 옷을 포기해야 한다.

유행은 해마다 바뀐다. 철지난 옷들을 아깝다는 욕심에 쌓아두지 말고 기회를 봐서 단체에 기부하거나, 친한 친구 몇 사람을 불러 원하는 것들은 모두 줘버린다. 그렇게 남은 옷가지들 중 앞으로도 입을 기회가 없을 듯 보이는 것들은 마음이 변하기 전에 끈으로 묶어 따로 정리한다.

지금 내 옷장에는 슈트 한 벌과 블라우스 두 벌이 한 개의 옷걸이에 걸려 있다. 스커트, 바지, 스웨터, 오버블라우스는 입을 때를 대비해 세트로 정리해두었다. 그리고 매년 봄에 작년 겨울에 입지 않았던 옷들을 처분하고 있다.

처분과 정리에도 상당한 에너지가 필요하다. 금방 몸이 지친다. 내일로 미루고 싶어질 때가 많다. 특히 여름과 겨울에 옷과 물건들을 정리하려면 더 오랫동안 마음의 준비를 해야 한다. 그래서 올해는 날씨가 좋은 봄가을에 실천에 옮길 작정이다. 3개월 전부터 미리 계획을 세워 지난 1년 간을 정리하려고 한다. 친구들이 깜짝 놀랄 만큼 멋지게 정리하겠다고 단단히 벼르고 있다.

'추억'의 정리에 대하여

침구와 옷, 식기 등을 정리할 때 기준은 항상 똑같다. 양을 줄이는 게 우선이므로 꼭 필요한 것들만 남겨둔다. 그런데 정리 대상이 추억인 경우에는 감정의 구애를 받아 쉽지가 않다.

그래도 추억을 정리하는 도중에 그때의 시간들이 새록새록 떠올라 잊고 있던 기억에 새 생명이 더해지는 쏠쏠함이 있다.

사진

문득 돌아가신 부모님이 생각나서 내가 자주 사용하는 공간에 사진을 정리해보았다. 이왕 하는 김에 딸과 손자들 사진도 함께 장식하고 싶어서 사진 열 장이 들어가는 액자를 구해 작업실 책꽂이를 장식했다.

이것이 꽤 마음에 들어 딸네가 외국에 살게 된 것을 계기로 액자 하나를 더 구해 딸과 손자의 사진을 담아 컴퓨터 책상을 장식했다. 이렇게 해놓고 마음 내킬 때마다 사진을 보며 그리움을 달랜다. 앨범에 보관하는 것보다 훨씬 좋았다.

재미가 들렸는지 딸들의 어린 시절 사진과 젊었을 적 친하게 지내던 친구들 사진을 커다란 액자에 보기 좋게 담아 복도에 걸어두었다. 그래봐야 몇 개 안 되는 액자지만 볼 때마다 마음이 푸근해진다. 사진은 보관하기 위해서가 아니라 보고 즐기기 위해 존재한다는 것을 새삼 깨달았다.

몇 해 전에 손자가 태어난 후로는 사진이 쌓일 때마다 앨범을 구입해 정리하고 있다. 손자 사진은 뒷면에 년도와 번호를 반드시 기록한다. 그렇게 만들어진 앨범들은 거실 텔레비전 옆에 장식해놓았다. 친구들이 놀러오거나, 한 번씩 보고 싶어지면 시간 가는 줄 모르고 들춰본다.

반침을 뒤져보니 시댁 조부모님, 우리 부모님, 형제들, 그리고 우리 부부의 어린 시절 사진들이 꽤 많이 나왔다. 이런 사진들도 미리 정리해서 두 딸에게 앨범으로 남겨줄 생각이다. 아직 건강할 때 사진들을 보여주고 일일이 설명해주려고 한다. 우리와의 관계, 이름을 적어놓은 종이(가계도)도 따로 만들어둘 것이다.

이와는 별도로 남편과 나는 젊은 시절 친구들과 함께 찍은 사진 앨범을 한 권씩 만들어두려고 한다. 개인적인 추억이 담긴 앨범이 하나쯤은 있어야 될 것 같아서다.

아이들 앨범 두 권과 우리 부부의 추억이 담긴 개인 앨범 두 권, 총 네 권의 앨범으로 사진 정리는 충분할 듯싶다. 나머지는 과감히 처분할 계획이다.

얼마 전부터 마음에 꼭 드는 사진들을 골라 작은 앨범에 추리고 있다. 노인홈에 들어갈 때쯤이면 이 앨범이 가장 소중한 앨범이 될 것 같다. 정리할 목적으로 지나간 사진들을 들춰보았지만, 결과적으로는 내가 살아온 인생을 돌아보게 해주었다. 덕분에 남기고 싶은 사진들만 간직해도 아쉬움은 남지 않았다.

주소록

몇 십 년을 살다보면 수년간 연락이 닿지 않아도 마음으로 통하는 사람도 있고, 옛날에 도움을 받았던 기억이 떠올라 모처럼 만에 연락이 닿고 정이 새롭게 다져지는 경우도 있다. 그런 반면에 정년 이후 더 이상 연락하지 않게 되는 동료도 있고, 예전에 살던 동네 이웃으로 예의상 연하장만 주고받는 관계도 있다.

아버지가 돌아가시고 반 년쯤 지났을 때다. 아버지가 가입하신 단체의 회보에서 부고를 확인하고는 정성들여 조문 편지를 보내신 분이 있었다. 안타깝게도 편지에 적힌 성함이 내 기억에 없었다.

편지에는 아버지를 그리워하는 그분의 마음이 절절하게 담겨 있었다. 미처 부고를 알려드리지 못해 죄송한 마음이 들었다. 고민 끝에 답장을 썼다. 내가 몰랐던 아버지의 새로운 모습을 편지로나마 듣게 되어 정말 감사했다는 인사를 전했다.

이런 실례를 사전에 방지하기 위해서라도 건강할 때 집에 있는 주소록과 편지들을 정리해두는 편이 좋다. 가끔 엽서를 주고받거나 전화로 안부를 묻는 사이의 지인들 연락처를 보기 쉽게 정리해두면 옛날 생각이 났을 때 헤매지 않고 금방 주소와 전화번호를 찾아 연락할 수 있다.

남편과 나는 작년에 연하장과 주소록을 한데 모아 워드프로세서로 정리했다. 올해는 이것을 부분적으로 손질했다. 내년에 다시 연하장을 보낼 때쯤이면 올해 새롭게 알게 된 분들의 주소가 더해지고, 실수로 연하장을 보내지 못한 분들까지 고려해서 잊지 않고 챙겨드릴 수 있도록 깔끔하게 정리될 것이다. 동창회와 예전 직장의 주소록도 다시 정리했다. 표지 한 장을 따로 만들어 졸업년도와 친한 친구들 이름만 적고 쓸모없는 것들은 모두 버렸다.

이렇게 주소록을 정리하다가 생각난 게 있다. 우리 부부가 동시에 세상을 떠나게 되었을 때 아이들이 곤란해지지 않도록 이 분에게는 이런 식으로 부고를 알려드리라는 설명서를 하나 만들어둬야겠다는 것이다.

추억의 책

사람마다 감회가 남다른, 또 반드시 곁에 둬야 할 책들이 있다. 서점에서 우연히 고른 책을 재미나게 읽는 것도 큰 즐거움이지만, 내가 어느 곳에 있든지, 어떻게 되든지 이 책만큼은 내 곁에 둬야 한다는 책보다 소중할 수는 없다.

집안 정리가 일단락된다면 남편과 함께 책을 정리할 예정이다. 적당한 크기의 책장을 구해 남편이 좋아하는 시집과 내가 한때 열광했던 작가들의 작품 중 아직도 잊지 못하고 사랑하는 책들을 골라 꽂아두려고 한다.

생애 마지막 거처가 어디일지는 아직 모른다. 아무리 협소한 곳일지라도 이 책들은 반드시 가져갈 것이다. 그때가 되면 이 책들이 우리 부부의 마음을 지켜주게 될 것이기 때문이다.

보석과 액세서리

이제는 보석이라고 부를 만한 것들도 거의 없지만, 내 나이쯤 된 여성들의 보이지 않는 고민 중에 보석류를 어떤 식으로 친지들에게 나눠줄 것인가, 라는 게 있다.

어렸을 때 아버지가 해외 출장을 다녀오시면서 탄생석 반지를 사주셨다. 큰딸은 나와 생일이 같은 달이다. 그래서 이 반지는 큰딸에게 물려줬다. 어머니 유품 중에 중국에서만 나는 귀한 돌로 만든 핑크색 반지가 있다. 이것은 둘째딸에게 물려줄 것이다. 그밖에 보석류는 값나가는 게 없다. 버려도 아깝지 않다. 다만 이탈리아 팔레르모에서 산 보석과 영국에서 사온 골동품, 남편이 남미 출장에서 선물해준 브로치에는 소중한 추억이 담겨 있다.

이렇듯 추억이 담긴 물건은 종이에 간단히 내력을 써서 보석 상자 안쪽에 붙여두기로 했다. 두 딸과 손자들 중 누구에게 줄 것인지, 또 어떤 친구에게 줄 것인지도 미리 써놓기로 했다.

내가 죽은 후 딸들에게 유품 정리를 맡기는 건 잔인하다는 생각이 든다. 그래서 지금의 내게 불필요한 것들을 기회가 될 때마다 친구들에게 보여주고 마음에 드는 건 무조건 가져가라고 한다. 무거운 금속이나 목걸이는 쓸 일이 점점 더 없다. 지나치게 화려한 보석, 내 기호가 아닌 색상의 액세서리도 더는 필요가 없어 주위 사람들에게 나눠주고 있다.

그래도 물건을 정리하면서 한 번씩 감상하는 것은 여자로서 큰 즐거움이다. 갖가지 추억들이 떠오른다. 그렇게 실컷 추억을 즐긴 후에 친구들을 초대해 나눠주는 것이 나이 든 후의 큰 기쁨이 되었다.

만일을 대비한 상자를
준비하자

"우리 부부는 넓은 집보다는 좁아도 시내 근처에 살면서 마음껏 여행하기로 했습니다."

언젠가 내게 이런 말을 했던 일흔이 넘은 D씨를 백화점에 다녀오는 길에 찾아간 적이 있다. 그녀의 아파트는 작은 주방과 다다미 여섯 장짜리 방 두 칸이 전부였다. 한 칸은 남편 방, 다른 한 칸은 그녀의 방으로 경계는 맹장지가 고작이었다.

나를 안내한 그녀의 방은 깨끗하게 정돈되어 있었다. 한쪽 벽에 장롱 두 개가 나란히 서 있고, 그 위에 신사복 한 벌이 들어갈 만한 크기의 양복 상자 몇 개가 쌓여 있었다. 무심코 올려다보니 옆면에 그녀와 남편의 이름이 각각 적혀 있다. 입원용·장의용으로 구분해놓은 상자도 있었다. 그 네 개의 상자가 그녀의 방에 들어갔을 때 제일 먼저 눈에 띄었다.

"남편도 나도 언제 어떻게 될지 모르는 나이에요. 남편이 갑작스레 입원이라도 하면 아이들도 없으니 나 혼자 허둥거릴 테고, 하물며 내가 어떻게 됐을 때는 남편 혼자 뭘 할 수 있겠어요? 그 생각을 하니 이만저만 걱정이 되는 게 아니었어요. 그래서 상자를 준비해 필요한 것들을 챙겨놨어요. 우리집에 무슨 일이 생기면 처음 들어온 사람, 가령 구급대원이라도 저걸 보고 필요한 조치를 할 수 있게 해놓았지요."라는 설명이다.

내용이 궁금했지만 실례가 될까 망설이는데 그녀가 눈치를 채고, "흰색 비단으로 남편과 자신의 수의를 손수 만들어두었다"고 한다. 그녀는 한때 예비 신부들을 대상으로 전통옷 교실을 운영했던 바느질 전문가였다.

"이렇게 해두니 훨씬 안심이 돼요. 좋아하는 일을 마음껏 할 수 있게 됐어요."

그녀의 고백처럼 이런 상자를 만드는 게 계기가 되었는지 집안 정리가 잘 되어 있다. 두 부부가 무척이나 깔끔하게 지내고 있었다.

그날 나도 큰 감명을 받아 우리집에도 이런 상자가 필요하다는 생각을 하게 되었다. 그래서 먼저 집에 돌아다니는 양복 상자 네 개를 비워놓았다. 옆면에 잘 보이도록 큰 글씨로 남편과 내 이름을 적고 입원용 · 장의용이라고 쓴 종이를 붙였다. 요즘은 상자 안에 무엇을 넣어둘지 고민 중이다.

A4용지 두 장을 준비하고 생각나는 대로 적어보았다. 남편과 함께

개호용품 매장과 속옷 가게에 들러 환자용 내의와 무명 홑옷을 샀다.

이런 준비가 필요하다고는 생각하면서도 막상 실천에 옮기는 사람은 적다. 지금 당장 필요한 게 아니기 때문이다. 내년을 대비해서, 혹은 여행 등을 계기로 비상용 상자를 만들고 내용물을 생각해보는 건 어떨까.

장의용 상자에 매년 회비를 내고 있는 단체와 모임, 지속적으로 잡지와 책 등을 보내주는 출판사 리스트 및 연락처를 표로 만들어 넣어두었다. 이것은 책을 쓰는 도중에 생각해낸 아이디어다. 내가 죽었을 때 이런 분들에게도 빠짐없이 연락하도록 준비해두면 남아 있는 가족도 수고를 덜고, 그분들에게도 예의를 갖추는 일이 된다. 그간 나를 보살펴준 여러 모임의 지인들에 대한 최후의 배려라고 생각한다.

이런 상자는 나를 위함인 동시에 장의 절차를 진행하는 분들과 아이들의 부담을 덜어준다는 점에서 더욱 중요하다.

대충 내용물이 마무리가 되면 딸을 불러 상자의 쏨쏨이를 자세히 설명해주고 보충할 게 있는지 물어보려고 한다.

입원용 상자

물품은 되도록 새것을 준비한다. 각자 이름도 써둔다.
- 잠옷 두 벌
- 실내용 파자마 한 벌
- 가운(병원에서 입어도 되는 종류로) 한 벌

- 내의 : 셔츠 3장, 팬티 3장, T셔츠 2장, 양말 2켤레
- 타월 : 大(목욕용), 中(세안용), 小(큰 손수건)를 각각 1장씩(상자에 여유가 있다면 2장씩)
- 슬리퍼 대신 사용할 수 있는 신발(여름 샌들처럼 미끄럽지 않고 벗기 편한 것)
- 슬리퍼
- 티슈, 물티슈
- 거즈 손수건 3장
- 최소한의 화장품(화장품 주머니에 담는다.) : 거울 달린 콤팩트, 엷은 색조의 립클로스, 유액, 화장수, 크림, 헤어브러시, 면도기, 손톱깎이, 작은 가위, 족집게
- 젓가락, 숟가락, 포크(간단한 케이스에 담는다.)
- 찻종
- 칫솔 등 구강 세정도구
- 작은 자루 : 베개 밑에 넣을 수 있는 것(15~10센티미터. 지퍼가 달린 것으로 끈이 부착된 제품을 고른다.)으로 최소한의 물건을 담아놓고 항상 근처에 보관한다. 작은 수첩(친구, 자녀의 전화번호가 기록된)과 필기구, 작고 가벼운 지갑에 소액의 돈도 미리 넣어둔다.

미리 상자에 담아놓을 수 없는 물품은 따로 리스트를 작성해 투명 플라스틱 케이스에 넣어둔다. (보험증, 평소 복용하는 약, 이어폰이 달린 라디오, 지갑, 미네랄워터, 작은 컵 등.)

장의용 상자

최초로 상자 뚜껑을 연 사람에게 부탁하는 편지

　■ 사후의 안구기증·장기기증·헌체 등을 등록한 경우에는 제공처 전화번호 및 빠른 시간 안에 제공처에 연락해달라는 메모를 준비한다.

　■ 수의, 또는 수의를 보관하는 장소가 적힌 메모

　■ 영정 사진

　■ 부고를 통보할 가족 및 친척·친구 리스트와 전화번호

　■ 유언장 복사본(장례 절차 포함)

　■ 유품 처리 방법이 기록된 리스트

　■ 회비 등을 납부하고 있거나 정기적으로 책자를 보내주는 단체와 모임의 리스트

　■ 두 딸에게 보내는 편지

　■ 친한 친구들에게 보내는 편지

　■ 함께 입관해주기를 바라는 물품(경우에 따라서는 그 리스트)

　나를 예로 들면, 가족사진과 각별히 친한 친구들에게 받은 편지와 카드다. 이 두 가지는 상자가 아닌 다른 장소에 보관하고 있기에 장소가 기록된 리스트로 대신했다.

죽기 전에 써서 남겨둘 것

부끄러운 얘기지만 오래 전부터 유언장을 고민해왔으나, 아직도 별다른 준비를 하지 못한 상태다.

앞으로 나이가 더 들면 병이나 사고로 인해 나의 의사를 주변 사람들에게 제대로 전달하지 못하는 상황이 벌어질 수도 있다. 평소 이럴 경우 생명 유지 장치에 의지하기 싫다고 생각해왔는데, 그런 생각을 구체적인 문서로 남겨두지 않았다면 내 희망과 달리 가족들은 나를 생명 유지 장치와 연결시켜놓을지도 모른다. 그런 염려가 있다는 말을 듣고 미리 나의 죽음과 관련된 일들을 문서로 남겨야겠다는 조바심이 났다.

몇 해 전에 이노우에 하루오 씨가 『유언 노트』라는 책을 출판했다. 유언장 대신 유언 노트를 작성한 주위 사람들의 에피소드와 실제로 자신이 유언 노트를 쓰기까지의 마음가짐을 담은 책이다. 그 책에는 여성이기에 가능한 세밀한 배려가 느껴지는 대목이 많았다. 그러나 사람마다 처한 상황이 다르므로 본문의 내용을 그대로 따라서는 곤란하다.

언젠가 마이니치신문에 『유언 노트』의 작가인 이노우에 씨가 칼럼을 기고했다. 유언장이나 유언 노트를 써야겠다고 생각하면서도 막상 쓰지 못하는 사람들을 위한 조언이었다.

대충 내용을 추려보면 "유언 노트는 한 권이 아니라도 괜찮다.", "40대, 50대 시절에 겪었던 나만의 역사를 길게 써도 괜찮다.", "문득 생각난 것이 있다면 메모해서 보존하는 것부터 시작하자."와 같은 현실적인 조언이었다.

그 칼럼을 읽고 나도 오늘부터 간단하게나마 시작해야겠다고 마음먹었다. 메모로 남길 내용은 따로 작성해두겠지만, 이미 70이 넘은 나이다. 앞서 잠깐 언급했듯이 나의 의사와 달리 기계에 의지해 목숨을 더 부지하는 것만은 정말 피하고 싶다. 그 문제만큼은 확실하게 글로 써서 남겨둬야겠다고 생각했다.

그 무렵 사촌형부 내외가 일본존엄사협회에 가입했다는 소식을 듣고 팸플릿도 받았다. 그런 조직에 가입하는 것도 하나의 방법이겠다 싶었다.

이 문제로 남편과 상의한 결과, 문서로 작성해서 복사본도 만들고, 서명과 날인, 현주소와 생년월일, 작성 날짜 등을 기록해 하나는 딸들에게, 다른 하나는 사람들이 잘 볼 수 있도록 서랍에 보관하기로 했다.

요점별로 소개하면 다음과 같다.

지금 나는 육체적으로, 정신적으로 매우 건강한 상태에서 이 글을 쓰고 있습니다. 만에 하나 내가 상당히 무거운 병, 또는 심한 상해를 입어 그 시점에서 나의 의사를 전달하지 못하는 상태가 되었다면, 내 가족과 치료를 맡은 분들에게 다음과 같은 희망 사항을 전해주시기 바랍니다.

❶ 내가 상처를 입거나 병에 걸려 불치의 상태가 되었을 때 임종을 미루기 위한 치료 및 조치는 중단해주십시오.

❷ 통증을 완화시켜주는 마약류 진통제는, 가령 그런 약으로 인해 임종이 단축되더라도 투여해주십시오.

❸ 어떤 이유로 식물 상태가 되어 2주일을 넘긴다면 일체의 연명 치료는 중단해주십시오. 생명 유지 장치를 제거하고 자연스런 상태로 방치해주십시오. 2주일 이내라고 해도 회복 가망이 없을 시에는 최대한 빨리 생명 유지 장치를 제거해주십시오.

보통 유언이라고 하면 재산에 관한 것으로 생각하기 쉽다. 재산과 관련된 유언장이라면 가족들 입장과 상황에 따라 다양한 분란이 예상될 수 있으므로 믿을 만한 법률가와 상의해 법적인 절차를 밟아놓는다.

사후 장기 기증을 고려하고 있지만, 아무래도 결단이 어렵다는 사람도 각막 제공은 그리 부담스럽게 생각하지 않는 경우가 많다. 안구은행협회에 연락해서 가까운 아이뱅크를 소개받고, 그곳에 연락해 수속을 밟는 것으로 모든 절차가 끝난다.

사후에 최대한 빨리 연락을 취해야 하고, 제공 의사를 확인하는 카드를 항상 휴대해야 하는 등 조금은 귀찮을 수도 있다. 하지만 지금껏 앞을 보지 못했던 사람이 나로 인해 밝은 빛을 되찾는다는 데에 관심이 있는 사람이라면 전화 상담을 받아보는 것도 괜찮다.

재산 관련 이야기 외에도 하고 싶은 말을 유언에 담는 것은 이 세상에서 사라질 때 지금까지 신세진 분들에 대한 마지막 사례가 된다.

장례 절차를 남은 가족들에게 맡기겠다는 사람이 많은데, 이왕이면 평소에 자신이 원하는 장례 방식을 가족들에게 알려주고, 이해를 구하고, 한 번 더 문서로 남긴다면 남은 가족들의 수고가 그만큼 줄어든다. 유골을 강과 산에 뿌려달라는 식으로 단순하게 부탁해서는 안 된다. 친구와 상의하거나 구청 등의 지역자치단체를 방문해 장례 절차를 알아보는 등 구체적인 계획을 세세한 데까지 세워놓아야 한다.

나는 도쿄 세다가야구에 살고 있다. 매월 집으로 보내오는 구보(區報)에 '구민 장례 절차'라는 기사가 실린 것을 보고 전화해보았다.

담당은 재택서비스관리과였다. 담당자는 '구민 장례 절차에 관한 안내'와 장례 취급지 정점 상호 및 전화번호 리스트를 보내왔다.

리스트를 받고 그중 한 장의사에 연락을 취해 궁금한 점을 물어보았다. 회답은 다음과 같았다.

❶ 장례 특성상 예약은 불가하지만 상담은 언제든 가능하다.

❷ 종교와 종파에 따른 장례 준비가 가능하며 종교와 상관없는 일반 장례도 가능하다.

❸ 유골을 바다와 강, 산에 대신 뿌려주는 업무도 대행한다. 이를 위해 화장 절차도 준비되어 있다.

❹ 수의를 기본으로 하지만 불에 타는 재질이라면 신사복도 상관없다. 단, 금속제 장식은 미리 제거한다.

　가까운 시일에 통화한 장의사에 들러 자세한 부분까지 상의하려고 한다. 장례를 치르고 유골을 무덤에 옮기는 등의 종교적 행사를 계획하는 사람은 별문제가 없지만, 무교, 또는 가족끼리 장례를 지내되 기왕이면 밝은 분위기에서 마지막 작별을 고하고 싶은 사람이라면 사전에 철저히 준비해두는 것이 필요하다.

　영정 사진을 미리 준비해두려는 사람도 늘고 있는 추세다. 20대에서 50대까지의 직장인 남녀 223명을 대상으로 설문 조사를 집계한 결과 여성의 68퍼센트는 "내가 직접 골라놓겠다"고 대답했다. 또 "복장은 상관없다", "웃고 있는 사진이 좋겠다"는 대답이 절반 이상을 차지했다.

　일흔이 넘은 나도 요즘 부쩍 영정 사진에 대한 관심이 늘어났다. 그동안 찍은 사진 중에 가장 마음에 드는 한 장을 골라 적당한 크기로 확대해 액자에 담아 준비해놓을 작정이다.

간단한 정리를 위한 준비

나이가 들수록 사소한 정리에 손이 미치기 어려워진다. 젊은 시절과 쓰는 용도나 방법이 달라져 곤혹스러워지기 일쑤다. 그래서 이번에는 그런 사안들을 정리해보았다.

재봉 상자

나는 비교적 바느질을 좋아하는 편이다. 지금도 손자를 위해 인형 옷을 바느질한다. 남편은 자기 손으로 단추 하나 꿰맨 적이 없다. 하지만 앞으로 상황이 바뀌면 내가 못해줄 수도 있다. 그때마다 친구에게 부탁할 수도 없다. 남편과 이 문제로 상의했더니 바늘귀에 실만 꿸 수 있다면 나에게 배우겠다고 말했다.

그 약속을 계기로 집에 있는 재봉 도구와 단추 등을 정리하기로 했다. 남편이 혼자 남게 되었을 때를 대비해 최소한의 도구를 갖춰놓은 소형 상자와 지금 내가 쓰는 중형 상자, 이렇게 두 개를 만들었다.

실제로 정리를 시작하자 단추만으로도 대형 상자가 필요했지만 앞으로 쓸 기회가 적다는 생각에 과감히 처분했다.

참고로 남편이 쓸 소형 재봉 상자의 내용물을 정리해보았다.

바늘겨레

- 끝에 달린 홈에 실을 넣으면 바늘귀에 간단히 꿸 수 있는 바늘 세 개. 가봉용 바늘 세 개
- 목면 30번의 튼튼한 실. 흑색, 흰색, 갈색을 조금씩 감아둔 실타래.
- 가위, 줄자
- 스냅단추 : 대 · 중 6개씩
- 갈고리 모양의 호크 : 흑색, 은색으로 와이셔츠용 단추 10개. 파자마용 중간 크기 구멍 4개짜리 단추 6개. 구멍 4개짜리 흑색단추 4개 (상의나 바지를 새로 구입하면 여분으로 달려 있다.)
- 고무줄 : 폭 1센티미터, 길이 2~3미터

이 상자는 지금보다 더 몸을 움직이기 어려워졌을 때 나도 함께 쓰려고 한다. 그래서 단추 등의 소모품은 그때그때 확인하고 보충해두고 있다.

구급상자

가정마다 구급상자가 있지만, 만일의 사태에 대비해 필요한 약품들이 있는지 불안할 때가 많다. 나 같은 고령자는 대부분 옛날에 쓰던 나무 상자를 쓰고 있는데 꽤 무겁다. 더구나 약품도 유통 기한이 지난 것들이 적지 않다.

나이가 들면서 시판하는 감기약은 거의 먹지 않게 되었다. 한약을 수면제 대신 뜨거운 물에 풀어 잘 때 마신다. 위장약도 주치의에게 일일이 증상을 처방받아 복용하고 있다.

그렇다 보니 구급상자의 약품 중 대부분이 쓸모가 없다. 이번 항목을 집필하면서 오래된 나무 상자를 버렸다. 내가 들기에는 이제 너무 무겁다.

새 구급상자를 준비하기 위한 첫 번째 단계로 헌 신문을 펼쳐놓고 상자 속 내용물을 모두 꺼내보았다. 오래된 약부터 모두 버렸다. 다음은 구급상자를 준비하면서 새롭게 정리한 내용물이다. 독자 여러분의 집에 있는 구급상자와 좋은 비교가 될 것이다.

[약종류]

■ 관장약 : 무화과나무처럼 생긴 알약 두 개. 갑작스런 소화불량 등에 사용

■ 위산약

■ 정장제 : 나는 옛날부터 정로환이다. 하지만 먹는 양은 나이가 들면서 많이 줄었다.

■ 감기약

■ 해열, 진통제 : 아스피린은 준비는 했지만 몇 년 동안 사용한 적은 없다. 피린계 약제(아미노피린, 설피린 같은 해열진통제)는 사람에 따라 부작용이 일어나기도 하므로 의사에게 물어본다.

■ 소독약 : 소독용 알코올. 옥시풀은 반드시 1년에 한 번 새것으로 교체한다.

■ 벌레 물렸을 때 쓸 암모니아수

■ 연고 종류는 필요할 때 의사 처방을 받아 구입한다.

■ 요통에 쓸 찜질약과 진통제도 의사 처방을 받는다.

■ 안약 : 되도록 사용하지 않으려고 한다. 눈에 먼지가 들어갔을 때는 세안액으로 닦아낸다. 약한 것이 좋은데 꽃가루알레르기처럼 특정 시기에 눈이 가려운 사람은 의사와 상담한다. 안약은 냉장고에서 보관한다.

[기구]

■ 체온계 : 디지털체온계를 사용한다. 유리제는 수은이 들어 있어 깨졌을 때 위험하다. 요즘은 귓속에 넣고 단시간에 체온 측정이 가능한 제품도 많다.

■ 핀셋

■ 가위 : 스테인리스제. 청결하게 관리한다.

■ 구급상자에 보관하지는 않지만 얼음베개, 휴대용 전기화로 핫패드 등

[그밖의 소모품]

- 붕대 : 크고 작은 것. 장갑 모양 붕대도 준비한다.
- 반창고 : 소독약이 흡수된 제품이 좋다. 물에 넣어도 젖지 않는 것도 준비한다.
- 삼각형겊 : 팔을 묶거나 머리를 다쳤을 때 사용한다.
- 밴드, 면봉, 탈지면, 멸균거즈, 안대, 마스크

상자에 담긴 물품 리스트를 작성해 상자 안쪽 주머니에 넣어둔다. 연월별 물품 체크표도 만든다. 비고란을 따로 만들어 확인하고 버린 것, 보충한 것 등을 기입한다.

집집마다 내용물은 달라지겠지만, 보관 장소는 눈에 잘 보이고, 누구나 꺼내기 쉬운 곳을 고른다. 청결을 유지하고 햇볕이 닿지 않는 선선한 곳에 보관한다.

자주 가는 병원 의사의 이름과 전화번호를 따로 기입해 첨부하고, 보험증, 진찰권도 상자 안쪽 주머니에 넣어둔다. 이렇게 해두면 만일의 경우 누군가가 병원에 데리고 갈 때 도움이 된다.

문구류

나이가 들면 곧잘 잊어버린다. 각종 연락에 필요한 서류, 편지 용품, 여러 가지 정보 등을 알기 쉽게 정리해두도록 한다.

[편지 용품]

우리집은 남편도, 나도 편지를 자주 쓰는 편이다. 현재는 거실에 전화를 올려놓은 서랍장을 사용하고 있다. 서랍 2개에 용품을 보관하고 있는데, 첫 번째 서랍에는 편지지, 봉투, 우표, 엽서, 경조사용 봉투가 들어 있다. 두 번째 서랍에는 주소록, 팩스 용지, 여러 사이즈의 봉투 등이 있다.

[연필꽂이와 메모 용지]

전화기 옆과 텔레비전 근처, 침실 머리맡, 현관에 볼펜, 연필, 만년필을 갖다놓고 필요할 때마다 메모하는 데 쓰고 있다. 당연히 메모 용지도 함께 갖다놓았다. 포스트잇을 메모 용지로 사용하면 더욱 편리하다.

[파일]

책장이나 따로 장소를 만들어 A4용지 크기의 파일을 색깔별로 준비한다. 사용처는 다음과 같다. 전기제품 설명서, 보존해야 될 필요가 있는 서류들, 매월 2, 3매 가량 날아오는 소식지 등을 각각의 파일에 보관한다. 한 개, 두 개 만들다보면 그 편리성에 금방 빠져들어 여러 개를 만들게 된다.

이밖에도 동창회 소식, 취미나 새로운 교양으로 배우고 참가하는 모임에서 발행하는 소식지도 따로 철해두었다. 신문, 잡지에서 요긴한 기사를 스크랩하는 파일도 있다.

파일 뒷면에 반드시 분류 항목을 기입해두도록 한다.

정전 시의 비상등

고령자가 가장 주의해야 할 사고는 넘어지는 것이다. 손전등을 현관, 침실, 거실의 잘 보이는 곳에 꼭 걸어둔다.

이와는 별도로 양초도 접시(파티에서 사용하는 안전컵도 팔고 있다.)에 고정시켜 어둠 속에서도 쉽게 찾아 불을 켤 수 있도록 대비한다.

달력

매월의 행사 예정은 달력을 이용하자. 매일의 예정을 잊지 않고 실천하는 데 어떤 모양의 달력이 유용할까. 내가 쓰는 달력은 38센티미터 42센티미터 크기인데, 날짜 밑에 여백이 넉넉해 그날그날의 스케줄을 적어놓을 수 있어서 좋다.

나는 매년 같은 종류의 달력을 사용한다. 그 해의 마지막에 내년 달력을 준비할 때는 다음해 1월 페이지에 아이들 집 전화번호와 직장 전화번호, 주소, 위급 시에 이용할 병원과 주치의 연락처를 가장 먼저 적어둔다. 그리고 올해 쓴 달력을 버리기 전에 친한 분들의 생일과 기일을 다시금 확인하고 미리 내년 달력에 표시해둔다.

남편 스케줄은 Ki, 내 스케줄은 Ka라는 기호와 함께 작성하고, 글씨 색도 파란색과 빨간색으로 구분한다. 확실치 않은 예정은 지우기 쉽게 연필로 적는다.

만남을 약속한 스케줄이라면 상대방 형편을 고려해서 며칠 전에 확인해보는 스케줄을 첨부한다. 약속 날짜가 되기 전에 확인하는 스케줄을 몇 번씩 반복한다.

이렇게 함으로써 친구들의 생일도 잊어버리지 않게 되고, 일주일 전쯤 카드를 준비해서 보내는 등의 성의도 표시하고 친목을 다지는 데도 좋다. 특히 함께 나이 들어가는 친구들에게 큰 기쁨을 줄 수 있다.

요즘에 집안을 정리하고 도구류를 손질, 점검하면서 마음에 걸리는 일들이 몇 가지 있었다. 일간 예정만이 아니라 연간 예정표도 만들어둬야겠다는 생각이 들었다.

1년에 한 번은 정리해야 될 사항들을 만들어 어느 달에 실천할지를 정하는데, 이를 연간 예정표에 기록하고 복사본을 만들었다. 한 장은 달력 맨 뒤에 붙여놓고, 또 한 장은 해당 월별로 오려 그 달 페이지 우측에 잘 보이도록 붙여놓았다. 이렇게 했더니 정해놓은 날짜에 일을 진행시킬 수 있고, 계획대로 필요 없는 물건들을 종류별로 정리하는 데도 큰 도움이 되었다. 우리 집 달력의 월별 항목을 잠깐 소개해보겠다.

1월 : 부모님이 물려주신 그릇이나 내가 직접 구입한 찬합, 식접시 중에 아이들에게 물려주고 싶은 것들을 간추린다. 명부와 친구, 지인 주소록 정비도 함께 진행한다.

2월 : 냉장고는 1년 내내 쉬지 않고 움직이는 가전제품이다. 미처 살펴보지 못한 곳에 얼음이 끼어 있어 냉동 능력을 저하시키고 고장을 일으키는 원인이 되기도 한다. 1년 넘게 먹지 않고 냉동칸에 처박아둔 식재료도 많다. 겨울은 냉장고 없이도 충분히 산다. 안에 있는 식재료를 모두 꺼내고 전원을 끈다. 그렇게 하루 이틀 냉장고 문을 열어 기계에 붙은 얼음을 제거한다. 동시에 냉장고 구석구석을 청소하고, 베이킹 소다를 이용해 소독한다.

3월 : 화장품 중에 쓰다 남은 것, 사고 한 번도 쓰지 않은 채 몇 년씩 화장대에 자리만 차지하고 있는 것들이 있다. 립스틱도 이제는 짙은 빨간색은 바르지 않는다. 화장수도 1년 넘은 제품은 버린다. 벽에 건 그림과 사진도 바꾼다.

4월 : 겨울철 스웨터류를 자세히 살펴보면 찢어지고 얼룩진 곳이 꽤 있다. 또는 겨울에 한 번도 입지 않았거나, 살이 찌고 키가 줄어 입지 못하게 된 사이즈도 꽤 있다. 이런 옷은 과감히 처분한다. 세탁소에 맡긴다고 해도 모직물은 감촉이 나빠지게 마련이다. 매년 4월마다 개수를 줄여본다.

5월 : 통조림, 건어물, 조미료 중에 1년이 지난 것들은 무조건 버린다. 개봉하지 않고 보관하던 것들을 찾아본다. 1년 이상 냉장고에 보관 중인 조미료, 향신료는 먹지 않고 버린다.

세제 및 두발 관리 용품도 몇 년씩 사용해서는 안 된다. 서비스로 받은 샘플 제품도 1년이 넘었다면 이번 기회에 말끔하게 정리한다.

6월 : 스카프도 색상별로 사 모은 게 많은데 나이가 들면 전처럼 많이 착용하지 않는다. 마음에 드는 것만 남기고 정리한다.

구급상자, 과산화수소용액은 1년 단위로 교체한다.

7월 : 들고 다니지 않는 핸드백은 쓸모없다. 겨울부터 봄까지 사용한 핸드백을 손질하면서 지난 1년 간 들지 않은 가방은 버린다. 여름옷도 색이 바랬거나 디자인이 마음에 들지 않는 것은 모두 버린다.

무의식적으로 모아둔 봉투를 정리한다. 화장지, 키친타월 같은 종이류는 불필요하게 많이 구입하지 않도록 주의한다.

옷장, 서랍장을 모두 체크한다. 속옷, 파자마 종류는 날짜를 정해 한꺼번에 세탁하고, 냉장고에 보관된 식품도 교체한다.

8월 : 앞으로도 입을 기회가 없을 것 같은 옷들을 버린다. 양말은 최근에 구입한 것들로 색상과 무늬가 마음에 드는 몇 켤레만 남기고 정리한다.

9월 : 솜은 자주 세탁하면 헤어지지 않아도 땀 흡수가 떨어지고 감촉이 나빠진다. 특히 무늬가 들어간 솜 제품은 해가 지날수록 변색이 심하다. 솜 내의는 헤어진 데가 없어도 간수가 힘들어 무조건 버리고 있다. 혹은 걸레 등으로 재활용하기도 한다.

선풍기, 에어컨의 필터 청소를 겸해서 집안의 전기 제품도 체크한다.

10월 : 여름에서 초가을까지 입는 양복류는 목화솜 재질로 착용감이 나빠 입지 않은 것과 반대로 너무 자주 입어서 땀에 닳거나 헤진 것들을 과감히 버린다. 여름 이불도 수를 줄인다. 겨울 이불을 준비한다.

11월 : 정월을 대비한다. 젊었을 때는 이때쯤 새로 식기를 사곤 했다. 음력 12월은 여러 모로 바쁘다. 미리 그릇을 챙기고 아이들과 상의해서 물려줄 만한 그릇들을 챙겨놓는다. 오래된 식기, 사용 횟수가 거의 없는 조리기구를 정리하고, 새로 접시와 주발을 구입한다. 그것만으로 기분 전환이 된다.

식칼도 가볍고 사용하기 좋은 것으로 바꾼다. 지금 사용하는 칼이 손에 익다면 갈아놓는다.

12월 : 매년 이 시기에 세수 수건, 목욕 수건, 욕실 매트, 발수건을 새로 사곤 한다. 나이 든 사람의 특징 중에 오랫동안 사용해온 수건류를 버리지 않고 계속 쓰려는 습관이 있는데, 오래 쓴 수건은 청소용 걸레로 재활용한다.

　그밖에도 다음과 같은 월별 스케줄을 참고하기 바란다.

　1월 : 정월 연휴 정리. 받은 연하장을 참고해서 명부 정리

　2월 : 냉장고 정리, 사진 정리, 책상(문구류, 편지 용품, 경조사용 봉투, 서랍) 정리

　3월 : 화장품 정리, 액자 교체, 장롱 정리A

　4월 : 겨울용품 처분, 신발, 슬리퍼 여름용으로 교체 및 정리, 장롱 정리B

　5월 : 통조림, 건어물 같은 보관 식품과 찬장 정리, 조미료 정리, 세면대, 세제, 두발 용품 정리

　6월 : 약 정리, 칫솔 교체, 잡지 정리, 스카프 세탁 및 정리, 책장 정리A

　7월 : 봉투 등의 종이류 정리, 핸드백 정리, 책장 정리B, 비상용 상자 내용물 정리 및 교체

　8월 : 모직물 정리, 양말류 정리

　9월 : 에어컨 등 전기제품 청소 및 수납. 잠옷, 속옷 정리

　10월 : 여름에 입지 않았던 옷가지 정리, 여름 이불 정리

　11월 : 식기 · 조리 기구 정리, 환기팬 청소, 식칼 손질

　12월 : 장례식과 유언장 작성 및 검토. 아이들에게 물려줄 식기류 체크. 정월 준비. 수건 구입

[서재]

책장에 꽂힌 책들을 모두 바닥에 내려놓고 구석구석 청소한다. 옛날에 쓰던 사전과 보존 가치가 없는 책들은 버린다. 요즘은 전자 사전을 주로 이용한다. 비디오테이프보다 작은 크기에 수십 권 분량이 들어 있다. 될 수 있으면 책을 줄이고, 그렇게 남은 공간을 인형이나 장식물로 꾸며본다.

[장롱 정리]

쓰지 않고 쌓아놓은 것들이 많다. 실제로 사용하는 것 외에는 되도록 버린다. 여기저기 흩어졌던 가재도구를 한데 모으고, 잡화류도 장롱 서랍 등에 정리해서 수납한다. 서랍 등에 종류별 리스트를 뽑아 붙여둔다.

우리들 노인에겐 시간적 여유가 많다. 남는 시간을 정리하는 데 써보자. 필요할 때 즉시 사용할 수 있게끔 정리하는 것도 중요하다. 그래야만 더욱 산뜻한 기분으로 하루를 살 수 있다.

생활을 도와주는 도구

개호 관련 TV 프로그램에 등장한 리프트와 개호용품 전시장에서 실제로 리프트를 보고 무섭다는 생각이 들었다. 앞으로 누가 권해도 절대로 리프트는 사용하지 않겠다고 다짐했다.

그런데 몇 해 전에 세다가야복지센터에 들렀을 때의 일이다. 그곳 직원이 "제가 먼저 시범을 보여드릴 테니 한번 타보시지 않겠어요?" 하고 권하는 것이었다.

지팡이를 짚고 다닐 정도는 아니었지만, 아직까지는 무척 조심하던 상황이었기에 공중으로 몸이 들리는 리프트는 사양하고 싶었다.

직원도 억지로 권할 마음은 없었는지 직접 해먹(그물침대)과 비슷한 그물 모양의 리프트 받침대에 앉아 TV 리모컨처럼 생긴 컨트롤러를 조정해 리프트를 들어올렸다.

그 모습을 보고 있자니 이번 기회에 한 번 타볼까, 하는 충동이 생겼다. 당시 내 몸을 제대로 건사하지 못해서 남편에게 많은 부분을 의지하고 있었다. 이런 상황에서 남편이 쓰러지기라도 한다면 나는 꼼짝달싹 못하는 신세가 된다. 하지만 집에 리프트가 설치되어 있다면 남편 몸에 이상이 생기더라도 지금 살고 있는 집에서 부부가 계속 살 수 있을지도 모른다. 리프트로 남편을 침대 곁 변기에 앉히거나 집안을 개조해 휠체어를 타고 돌아다닐 수 있게 정비한다면 어떨까, 하고 생각해보았다. 어쨌든 누워 있는 사람을 일으켜 휠체어에 앉히는 것은 가능하다.

해먹처럼 생긴 그물 받침대는 리프트가 작동해도 몸을 옥죄지 않아 좋을 듯 싶었다. 경우에 따라서는 받침대에 앉은 상태에서 변기를 이용할 수도 있다. 오물이 묻어도 플라스틱제 그물은 세척이 용이하다. 그물 받침대에 앉아 욕실에 들어가는 것 또한 가능하다. 플라스틱제는 욕조에서 몸을 씻고 타월로 닦으면 물기 제거가 간단하다.

리프트를 작동시키는 모터가 장착된 본체는 무게가 6킬로그램 남짓이다. 본체를 기둥이나 벽면, 브래킷(벽이나 기둥 등으로부터 돌출시켜, 축 등을 지지할 목적으로 사용하는 것) 등에 설치하면 집안 살림을 힘들이지 않고 이동시킬 수도 있다. 제품별로 하단에 바퀴가 달려 있는

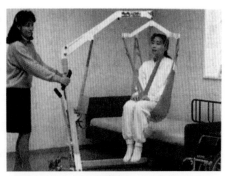

리프트

타입, 또는 천장에 주행 레일을 설치하고 자유롭게 방안을 왕래할 수 있는 타입(레일 시공비 때문에 더 많은 비용이 소요된다.) 등 다양했다.

휠체어에 타고 내리기 힘들거나, 집안 바닥의 높낮이 차이를 해소하려고 개조 공사를 계획했다면 시간과 비용을 절약하는 방법으로 리프트가 대안이 될 수도 있겠다는 생각이 들었다.

리프트 사용을 고민해봐야 할 처지에 놓이고 싶은 사람은 없을 것이다. 또 그런 처지가 되었을 때 대부분은 입원하거나 누군가의 간호를 받게 되므로 굳이 리프트를 설치하려고는 생각하지 않을 것이다.

하지만 나처럼 남편과 단둘이 사는 생활에서 둘 중 한 명의 상태가 나빠졌을 때 리프트의 도움으로 일정 기간 동안 집에서 간호를 받고 싶은 경우도 있을 것이다.

그래서 결심하고 시범을 보여준 직원의 도움을 받아 리프트에 누웠다. 안전띠를 매고 리모컨으로 리프트를 작동시켜보았다. 10센티미터가량 공중으로 몸이 떴는데 불편한 곳이 없다. 필요할 것 같은데 겁이 나거나 왠지 불편해 보여서 거부감이 느껴지더라도 곁에서 간호해주는 사람의 수고를 덜어준다는 차원에서 선택에 포함시켜보는 건 어떨까. 개호용 리프트는 병원의 물리치료사나, 지역 복지과의 전문가와 상의한 후 선택하면 된다.

비교적 건강했던 6년 전에 리프트를 시험해볼 기회가 있었는데, 만약 그때 몸 상태가 좋지 않아서 리프트를 구경만 하고 왔다면 리프트 선택에 더욱 부정적이었을 것이다. 그러나 운 좋게 리프트를 경험했기에 앞으로 몸 상태가 더 나빠지더라도 리프트를 사용해서 혼자 화장실에 가고, 식사 때마다 식탁에 앉고, 외출 시에 혼자 휠체어에 탈 수 있다는 자신감이 있다. 가족이나 간호하는 사람의 부담을 덜어줄 수 있다. 그런 점을 고려했을 때 충분히 검토해볼 만한 사안이라고 생각하게 되었다.

리프트 외에도 계단을 오르내리거나, 높낮이 차이가 큰 실내에서 이동할 때 도움을 주는 도구도 계속 늘어나고 있다. 매장과 팸플릿 등을 꼼꼼히 조사하고 생활에 필요한 제품이 있는지 찾아보기를 권한다.

휠체어를 알아보다

개호용품 전시장에서 휠체어를 체험해본 것 외에는 휠체어에 타본 적이 없었다. 그러나 허리가 안 좋아져 3개월 넘게 혼자서는 일어서지도 못하는 상황이 계속되었고, 그때 이후로 걸음이 불편해지면서 자연스레 휠체어를 떠올리게 되었다. 지금 당장 휠체어가 필요한 것은 아니지만 여러 곳에서 정보를 입수해 만일의 경우를 대비하고 있다.

때마침 NHK 교육방송에서 '건전한 실버 개호'라는 프로그램이 방영되었다. 이 프로그램을 통해 휠체어에 대한 인식이 바뀌었고, 프로그램에 출현한 개호 전문가 두 분의 세심한 배려가 느껴지는 가르침에 감동했다. 책이나 카탈로그와는 달리 실제로 휠체어에 타고 구체적인 설명을 해주었기에 이해가 쉬웠다. 휠체어를 사용하는 목적은 장애를 가진 신체가 되었을 때 생활의 폭과 행동 반경을 좀 더 넓혀 자립하기 위해서라고 한다.

나는 고장난 허리와 더불어 책을 쓰기 위한 목적으로 10차례 이상

휠체어 전시장을 돌아보았다. 그리고 건강할 때 여러 종류의 휠체어를 타보고 확인하는 편이 좋다고 실감했다. 처음 전시장을 찾을 때만 해도 가벼운 휠체어가 좋은 것이라고 생각했다. 하지만 가벼운 휠체어는 운반이 편할 뿐, 약하고 안전성도 나쁜 장비임을 알게 되었다. 실제로 휠체어를 사용해야 하는 단계라면 전문가인 의사, 또는 이학요법사와의 상의가 중요하다. 전문가의 조언과 확인이 가장 중요하다는 뜻이다.

휠체어라고 해도 몸 상태에 따라 기능이 분류된다. 외출용과 실내용에 따라 가벼운 제품, 혹은 무겁더라도 단단한 제품으로 구별된다. 예를 들어 뼈나 근육이 아닌 다른 질병으로 오랫동안 누워 지낸 환자라면 아무 휠체어나 골라선 안 된다. 반드시 지역의 복지기관 직원과 상의하여 구입해야 한다.

혼자 휠체어를 이동시킬 수 있는 사람과 뒤에서 누군가가 밀어줘야 하는 사람의 휠체어는 당연히 그 종류가 다르다. 휠체어 폭만 해도 너무 넓으면 손으로 바퀴를 돌리기가 힘들다. 바퀴가 약간 앞쪽에 위치한 휠체어가 손으로 움직이기 쉬운데, 대신 등을 기댔을 때 뒤집힐 위험이 있다. 이런 정보는 경험을 갖춘 전문가가 아니고서는 지적할 수 없는 문제이다.

접이식 휠체어는 외출시에 자동차에 싣고 가기에는 편하다. 하지만 엉덩이를 받쳐주는 지지대가 천조각뿐이라 오래 앉아 있기는 어렵다. 이때 엉덩이 밑에 얇은 방석을 깔아놓는다면 훨씬 안정감이 있다. 일반 휠체어도 방석을 깔고 사용하면 앉기 편하다. 그래서인지 휠체어용 방석이 따로 판매되고 있다. 방석에 따라 체압의 흡수와 분산이 달라진다. 몸이 약한 사람이라면 방석 선택에 의해 휠체어 사용이 크게 달라질 수 있다는 뜻이다. 휠체어뿐 아니라 휠체어용 방석도 개호보험 대상이다.

그동안 누워 지내던 환자가 휠체어를 이용해 조금이라도 몸을 움직일 수 있게 된다면 회복이 몰라보게 빨라진다. 문제는 오랫동안 누워 있던 터라 침대에 똑바로 앉는 것도 쉬운 일이 아니라는 점인데, 하물며 침대 가장자리로 이동해 휠체어로 무사히 몸을 옮기기란 결코 만만한 일이 아니다. 이런 경우를 대비해 스케이트보드에서 바퀴를 떼어낸 것처럼 생긴 트랜스퍼보드라는, 일종의 판자를 이용한다. 침대 끝부분과 휠체어의 팔걸이 사이에 트랜스퍼보드를 연결한 후 이 보드를 미끄럼틀처럼 타고 조심조심 휠체어 시트로 이동해야 하는데 이 트랜스퍼보드를 휠체어 팔걸이에 고정시키는 것도, 나중에 분리시키는 것도 꽤 힘이 든다.

휠체어에서 글을 쓰는 등 활동을 원한다면 책상(식탁 포함)과의 균형도 따져봐야 한다. 책상 밑으로 휠체어가 들어가지 않고서는 사용이 불가능하므로 책상 전면부에 반원형의 휠체어 공간이 있는 책상과 테이블을 구입해야 한다. 이 또한 앞서의 TV 프로그램에서 배웠다.

손수 요리를 하고 싶다면 싱크대 등을 개조해야 한다. 기회가 된다면 미리 휠체어가 들어갈 수 있는 공간을 만들어두는 것도 좋겠다.

그밖에 전동휠체어도 있다. 전동휠체어는 무게가 상당한데 조금만 연습하면 보호자 없이도 혼자 이동할 수 있다는 장점이 있다.

TV 프로그램에는 이처럼 다양한 휠체어 사용법이 소개되었다. 특히 몇 번이고 강조한 부분은 휠체어를 사용할 본인이 직접 전문가와 만나 상의하고, 본인 스스로 몸에 맞는 휠체어를 고르도록 배려해야 한다는 것이었다.

현재 개호보험 대상자가 휠체어를 임대하는 방안도 있다. 전동휠체어 외에는 한 달에 1,000엔 이하로 임대가 가능하다. 보험 한도액 내에서 두 개(실내용과 외출용)를 임대할 수도 있다. 구입을 결정하기 전에 전문가와 상의해서 임대해보는 것도 좋다.

보험 대상자는 아니지만 기업에서 무료로 임대해주는 곳도 많다. 카탈로그 등을 구해서 시승 기회를 알아보거나, 실제 사용하고 있는 사람에게 정보를 얻어두는 것이 중요하다. 언덕이나 높낮이가 다른 도로, 인근 마트 등에 갈 때는 어떻게 사용하고 있는지, 또 현재 거주하는 곳에서 가장 좁은 도로폭이 몇 센티미터나 되는지도 미리 알아두는 것이 좋다.

평소에 앉는 의자를 생각한다

나처럼 한때 거의 누워 지냈거나, 간신히 일어나기는 했지만 앉거나 설 때 의자 등을 붙잡고 천천히 움직여야 되는 사람이라면 의자라는 가구에 집착하게 된다.

앞에 잠깐 밝혔듯이 우리 부부는 환갑이 지나고도 여름 한철 캐나다를 방문해 그곳 친구들과 자주 어울리곤 했다. 집에 놀러갈 때면 꼭 화장실에 들르곤 했는데, 집집마다 변기 높이가 일본보다 10센티미터 이상 낮다. 40대까지는 변기 높이에 구애받지 않았지만 60세를 지나고부터는 앉았다가 일어설 때 다리를 끌어당겨 복부에 힘을 줘야지만 쉽게 일어설 수 있게 되었다. 하물며 허리를 다친 초기에 모처럼 캐나다를 방문했을 때는 화장실을 사용하고 일어설 때마다 근처 선반 등을 붙잡지 않으면 일어서지도 못했다. 그때 처음으로 평상시 대수롭지 않게 여겼던 의자의 높이가 얼마나 중요한지 절감했다. 참고로 캐나다에는 고령자용 변기 받침대라는 단단한 플라스틱 제품이 판매되고 있었다. 나중에 조사해본 바 일본에서도 같은 제품이 판매되고 있었다.

의자도 변기와 마찬가지로 발바닥이 지면에 닿지 않으면 불안해진다. 그 의자가 편한지는 겉으로 봐서는 모른다. 구매자의 상황에 따라 다르고, 의자에 얼마나 오래 앉아 있을 것인가에 따라서도 달라진다.

3년 전쯤 어느 레스토랑에 갔을 때다. 밑받침도 단단하고 의자등도 뒷목까지 올라오고, 무엇보다 세로 2센티미터 간격으로 오리목 재질의 기둥이 허리를 받쳐주는 팔걸이의자가 무척이나 멋지게 보였다. 처음에는 그저 멋있다고만 생각했는데, 친구와 식사하는 동안 두 시간 가까이 앉아 있었음에도 허리가 아프지 않았다.

오리목 기둥이 등을 받쳐주는 감촉이 굉장히 마음에 들었다. 나도 하나 구할 수 없을까 싶어 레스토랑에 물어봤지만 특별 주문이어서 시중에서는 구할 수 없다는 대답을 듣고 낙심했다.

어떤 의자가 내 몸에 맞는지는 겉으로 훑어보는 것만으로는 알 수 없다. 나처럼 뼈에 문제가 있고 다른 신체는 건강한 사람이라면 부드러운 시트는 피해야 한다. 비행기 좌석이나 영화관 등의 의자에 앉을 기회가 생길 때마다 나는 신서판 크기의 책을 엉덩이 밑에 깔고 앉는다. 레스토랑에서도 의자 종류가 다양하다면 비교적 시트가 단단한 재질의 의자를 고른다. 등받이가 없는 의자는 5분, 10분은 괜찮지만 금방 피로해진다. 온몸을 감싸줄 것 같은 쿠션 형태도 피한다.

다행히 지금의 나는 일어서고 앉는 데에 불편함이 없다. 디자인이 각기 다른 단단한 재질의 의자를 몇 개 구해놓고 피로해지면 다른 의자로 옮기는 지혜를 짜냈다.

허리 위치가 낮거나, 쿠션에 차이가 있는 긴 소파 의자 등은 불편하다. 손님에겐 무조건 부드러운 의자를 권하는 것이 예의라고 생각하기 쉬운데 나이 든 사람에겐 반드시 그런 것만도 아님을 알아주기 바란다.

6년 전 NHK 프로그램에서 휠체어 사용법을 소개해준 S씨는 몸이 약해져 자기 힘으로는 움직이지도 못하는 사람을 값비싼 휠체어에 앉히고 안전벨트를 착용시키는 등 친절을 베풀더라도 당사자에겐 그 모든 게 고통이라고 말한 적이 있다. 침대에 누워 있어야 하는 환자도 한 번씩 몸을 뒤척여주지 않으면 병이 악화된다는 이야기를 들었다. 앉아 있는 것도 마찬가지다.

사람은 의자에 앉아 무의식적으로 허리 위치를 바꾸거나, 발을 꼬거나, 기웃하게 몸을 젖힌다. 경직된 신체를 풀어주는 일종의 본능인 셈이다. 다리 장애를 안고 있는 젊은이는 휠체어에 앉아서도 팔걸이를 의지해 몸의 방향을 한 번씩 바꿔준다고 한다. 그럴 힘마저 없는 고령자라면 일반 의자에 앉혀 몸의 위치에 약간의 변화를 주거나 침대에 눕히는 등의 보살핌이 매우 중요하다.

예전에는 도쿄의 이다바시역 근처 빌딩에 도쿄도 복지기기종합센터가 있었다. 이곳에 리모컨으로 머리받침과 등받이의 위치를 이동시킬 수 있는 전동의자가 있었다. 북유럽에서 수입한 제품으로 발판도 길이를 조정해 무릎을 펴거나 굽힐 수 있었다. 너무 단단하지 않고 너무 부드럽지도 않아 지내기엔 최고의 의자 같았다. 훗날 걷지 못하는 몸이 되었을 때 이런 의자가 곁에 있다면 얼마나 편할까, 하는 생각이 절로 났다.

중년까지는 의자라고 하면 디자인밖에 따지지 않았는데, 나이가 들수록 의자에 앉아 있는 시간이 길어지면서 생각이 바뀌었다. 지금부터 자신에게 편한 의자가 어떤 종류인지 점찍어두도록 하자.

타산지석 시리즈

"여행보다 더 재미있고 더 리얼하다."
"여행은 보이지 않는 지도에서 시작된다."

세계 여러 나라의 사람들과 문화를 이해하기 위한 보이지 않는 세계 지도.
단순한 체험기가 아니라 그 문화를 진정으로 체험한 사람의 경험을 통해 나오는
날카로운 철학과 통찰.

※타산지석 시리즈는 계속 발간됩니다.

아름다운 나이듦 시리즈

나는 이렇게 나이들고 싶다 소노 아야코의 계로록戒老錄
소노 아야코 지음 | 오경순 옮김 | 288면 | 12,000원
농익은 내면의 휴식기인 노년에 보다 가치 있는 삶과 행복을 영위하기 위해 중년부터 어떠한 마음가짐과
준비를 해야 하는지 말해주는 책.

마흔이후 나의 가치를 발견하다
소노 아야코 지음 | 오경순 옮김 | 256면 | 13,000원
정체된 듯한 중년의 모습을 되돌아보게 하고, 마음 한구석에 중년 이후의 삶에 대한 기대를 품게 만드는 책.

좋아하는 일을 하며 나이든다는 것
사이토 시게타 지음 | 신병철 옮김 | 188면 | 9,800원
인생은 보물찾기와 같다. 보물은 의외의 장소에 숨겨져 있는 경우가 많은데, 그것은 스스로 찾지 않으면 찾
을 수 없다. 대수롭지 않은 실패 때문에 고민하거나 망설이지 말고 지금 바로 첫걸음을 내디뎌보라고 조언
하는 책.

큰글씨 나는 이렇게 나이들고 싶다 소노 아야코의 계로록戒老錄
소노 아야코 지음 | 오경순 옮김 | 312면 | 12,000원
2004년 출간 이후 이 책을 읽어왔던 독자들의 끊임없는 요구에 의한 큰글씨판.

늙지 마라 나의 일상
미나미 가즈코 지음 | 김욱 옮김 | 248면 | 12,000원
건강한 노년을 위한 구체적인 적응법과 생활법을 전하는 책으로 육체적인 노화에 따른 변화를 어떻게 받아
들이고 대처해나가야 하는지를 다룬다.

나이듦의 지혜
소노 아야코 지음 | 김욱 옮김 | 176면 | 12,000원
고령화사회 속에서 행복한 노년을 보내는 7가지 정신을 다룬 책으로 외부적 요인에 흔들리지 않는 자신만
의 능력을 준비할 것을 강조한다.

간소한 삶, 아름다운 나이듦
소노 아야코 지음 | 김욱 옮김 | 168면 | 12,000원
나이듦의 진정한 가치를 전하고, 만년의 미학에 대해 이야기한다.

죽음이 삶에게
소노 아야코 · 알폰스데켄 지음 | 김욱 옮김 | 256면 | 14,000원
죽음을 통해서 시간의 귀중함, 사랑과 삶의 진실한 의미를 가르쳐주는 책.
소노 아야코와 생사학(生死學)의 대가 알폰스 데켄 신부가 편지글로 나눈 삶의 가치와 죽음의 본질.

후회 없는 삶, 아름다운 나이듦
소노 아야코 지음 | 김욱 옮김 | 176면 | 12,500원
삶에서 가장 소중한 것을 발견하라. 이 책은 '사람이 죽기 전에 꼭 알아야 할, 인생에서 가장 소중한 것'이
무엇인지 환기시킴으로써 하찮게 느껴지는 평범한 현실의 가치를 발견하게 한다.

마음을 열어주는 책

나는 언제나 온화한 부모이고 싶다
원동연 지음 / 176면 / 12,500원
가정의 회복이 교육의 열쇠다. 관계를 잃으면 모든 것을 잃는 것과 같다.

사람으로부터 편안해지는 법 소노 아야코의 경우록敬友錄
소노 아야코 지음 / 오경순 옮김 / 296면 / 9,800원
타인을 미워하지 않고도 사람으로부터 받은 상처를 극복할 수 있도록 도와주는 책.

긍정적으로 사는 즐거움
소노 아야코 지음 / 오유리 옮김 / 276면 / 8,800원
지금까지 상처받았다고 생각해온 것들에 대한 가치관의 반전과 인생의 본질을 꿰뚫는 지혜를 전하는 책.

빈곤의 광경 NGO와 빈곤에 관한 가장 리얼한 보고서
소노 아야코 지음 / 오근영 옮김 / 206면 / 9,800원
인간으로서 존엄은커녕 쓰레기 취급을 당하다 굶어 죽어가는 사람들이 공존하고 있다는 사실.
단순한 도움의 대상을 넘어, NGO 감사관의 눈에 비친 빈곤국의 국가 시스템적 모순들과
오랜 굶주림이 낳은 외적, 정신적 폐해들을 낱낱이 보여준다.

세상의 그늘에서 행복을 보다
소노 아야코 지음 / 오경순 옮김 / 212면 / 8,800원 청소년추천도서
오랜 작가생활과 NGO 활동으로 전세계 100여국을 방문하고 여행해온 저자가
빈곤, 기아, 질병이 곧 삶인 오지인들의 모습을 통해 그동안 너무나 당연해서 제대로 느낄 수 없었던
행복의 원점과 인생의 본질을 되돌아보게 하는 책.

착한 사람은 왜 주위 사람을 불행하게 하는가 위선으로부터 편안해지는 법
소노 아야코 지음 / 오근영 옮김 / 176면 / 9,800원
무난한 인간관계를 위해 우리의 의식에 잠재되어 있는 착한 사람에 대한 강박증이 초래한 불편함과 비본질성
을 꼬집는 책. 보다 자연스럽고 편안한 인간관계를 위해 우리가 취해야 할 것과 버려야 할 것을 깨닫게 한다.

멋진 당신에게 내 삶을 향기롭게 만드는 기분 전환
오오하시 시즈코 지음 / 김훈아 옮김 / 312면 / 12,000원
몇 번을 읽고 또 읽어도 가슴이 따스해지는 수필집.
우리 생활에서 쉽게 지나쳐버리고 마는 잔잔한 아름다움이 가득 담겨진 책.

마음으로 살아요 행복이 옵니다 멋진 당신에게 2편
오오하시 히즈코 지음 / 김훈아 옮김 / 268면 / 12,000원
마음을 다하여 바라본 이 세상에 행복이 있음을 깨닫게 하는 책.

행복은 언제나 당신 마음속에 있다
세토우치 자쿠초 지음 / 김욱 옮김 / 222면 / 9,800원
화와 절망이 엉켜서 무거워지는 순간, 내 마음을 풀어주는 힐링 메시지를 전한다.
이 책은 고독, 사랑, 행복, 불행, 인생, 나 자신의 하찮음, 헤어짐, 기도라는 주제 속에서,
우리의 마음을 혼돈케하는 상대적 기준을 넘어 절대적인 잣대로 인생을 바라볼 수 있도록 인도한다.

부모와 아이의 마음을 열어주는 자녀교육서

나는 언제나 온화한 부모이고 싶다

원동연 지음 / 176면 / 12,500원

가정의 회복이 교육의 열쇠다. 관계를 잃으면 모든 것을 잃는 것과 같다.

수학 100점 엄마가 만든다 중국·대만 번역 출간

송재환 김충경 손정화 지음 / 320면 / 12,000원

선생님이 말해주는 엄마표 수학 지도법.
내 아이의 수준을 가늠할 수 있는 안목을 갖도록 초등 수학에 대한 전체적인 흐름을 제시해주고
구체적인 체크 포인트를 짚어준다.

수학 100점 엄마가 만든다 개념원리편 중국·대만 번역 출간

송재환 지음 / 252면 / 12,000원

선생님이 말해주는 엄마표 수학 지도법.
수학 개념 원리에 대한 탄탄한 설명과 조작 활동 중심의 지도 노하우를 담고 있다

초등 공부 불변의 법칙 중국·대만 번역 출간

송재환 지음 / 252면 / 12,000원

초등공부를 지배하는 21가지 숨은 원리를 담은 책.
공부는 무조건 열심히 하는 것이 아니라, '어떻게' 열심히 하는지가 중요하다.
공부를 어떻게 시켜야 할지 몰라 갈팡질팡하는 부모들에게 실용적인 공부비법을 전수한다.

교사들의 자녀교육법

김범준 지음 / 264면 / 13,000원

교육경력 30년 교사들이 실천해온 아이 잘 키우는 법을 담고 있는 책.
교사에게는 너무나 당연하지만 학부모에게는 막막했던 것들에 대한 시원한 답변을 통해
본질적인 자녀교육, 시행착오를 줄여주는 자녀교육이 되도록 돕는다.

나는 대한민국의 행복한 교사다

이영미 지음 / 254면 / 13,000원

교사가 먼저 바뀌어야 하는 까닭과 이 변화가 곧 교사와 학생 모두의 행복을 위한 시작임을 전한다.
교직에 회의를 품었던 한 교사가 25년 간의 시행착오 속에서 깨달은 진짜 소통의 의미.

공부의 즐거움을 맛보게 하라

이영미 지음 / 212면 / 9,800원

중고등학교 과학교사인 엄마가 늦둥이 둘째를 키운 노하우로 '진짜 내공 있는 아이'로 키우기 위한
조언을 담은 책. 학교생활과 공부법, 인성교육, 체험학습, 학부모 마음가짐 등으로 구성되어 있으며
효율적으로 아이의 잠재력을 키워줄 수 있다는 희망을 준다.

세상은 약육강식이라고?
강자가 되어야 행복할까?

자연의 법칙을 통해 밝혀주는 약육강식의 실체
모든 생명은 서로 도울 때 행복하고 지속 가능하다
수의사 아빠가 딸에게 들려주는 생명, 공존, 생태 이야기

딸에게 들려주는 쉬운 문체로 육식, 농업의 기계화 등이 초래한 환경 파괴와
에너지 고갈 등의 문제를 짚는다. **중앙일보**

유전자 조작 옥수수 밭으로 전락하는 거대한 곡창지대, 그 옥수수를 토대로 한
공장식 축산의 환경 파괴, 곡물 생산을 위해 벌목하는 밀림 등의 문제를 지적하고
자연의 법칙에 순응하는 생태적인 삶을 제안합니다. **SBS뉴스**

친숙한 동물과 먹거리 이야기로 시작해, 약육강식 이데올로기가 팽배한 생명관의 문제와
그 해결 방안으로 쉽게 풀어나간다. **한겨레신문**

과도한 육식, 농업의 기계화 등 인간이 이룬 강자의 면모는 환경 파괴와 에너지 고갈,
한 해에 3만 종의 생명 소멸 등 제6의 멸종의 주범이 돼 인간의 생존을 위협한다. **독서신문**

모든 생명은 서로 돕는다
박종무 지음/ 296쪽/ 17,900원

어떻게 나이들 것인가

노년생활백서

1판 1쇄 인쇄 2015년 8월 3일
1판 1쇄 발행 2015년 8월 13일

지은이 미나미 가즈코
옮긴이 김욱

펴낸이 김현정
펴낸곳 도서출판리수
책임편집 김현주

등록 제4-389호(2000년 1월 13일)
주소 서울시 성동구 행당로 6길 76 한진노변상가 110호
전화 2299-3703
팩스 2282-3152
홈페이지 www.risu.co.kr
이메일 risubook@hanmail.net

ISBN 979-11-86274-03-3 03830
※책값은 뒤표지에 있습니다.
※잘못 제본된 책은 바꾸어 드립니다.

※이 도서의 국립중앙도서관 출판시도서목록(CIP)은 서지정보유통지원시스템 홈페이지(http://seoji.nl.go.kr)와
  국가자료공동목록시스템(http://www.nl.go.kr/kolisnet)에서 이용하실 수 있습니다.
  (CIP제어번호 : CIP2015020004)